제3의
시나리오

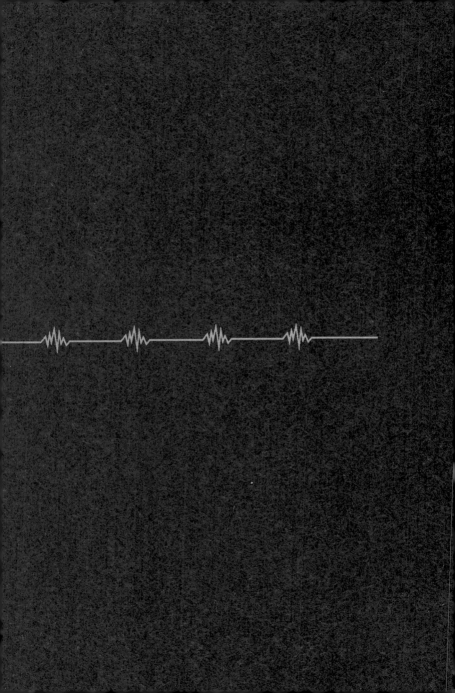

제3의 시나리오

1

의문의 피살자

김진명 장편소설

RHK
알에이치코리아

차례

—

의문의 피살자

"검사님, 국제전화입니다."

"국제전화?"

"네. 영어이긴 한데 잘 알아듣질 못하겠습니다."

장 검사는 잠깐 쉬기도 할 겸 수화기를 들고는 제법 수염이 자란 턱을 한 손으로 문지르며 뒤로 편하게 기대앉았다. 검사 같지 않은 용모의 그는 때로 일주일 내내 수염을 깎지 않아 가끔은 복도에서 마주치는 방문객들이 장 검사를 피의자로 오인하기도 했다.

"장민하입니다."

저편에서는 장 검사의 목소리가 반가운지 웃음소리와 뒤섞인 따발총 같은 단어들이 두서없이 튀어나왔다.

"반갑다는 말인지는 알아듣겠는데 누구요? 이름을 먼저 얘기해요."

"나 위안 검사요. 베이징의 위안."

"아! 위안 검사. 아니 이게 웬일이오?"

"하하, 장 검사 목소리 몇 년 만에 들어보는지 모르겠군. 그래 그간 잘 있었어요?"

"그럼요. 위안 검사도 여전하지요?"

"물론."

"여전히 식도락에 빠져 지낼 테고요?"

"그럼요. 그거 없으면 살맛도 없어요. 하루 종일 잡범들하고 실랑이하다 보면 당장이라도 이놈의 검사 노릇 때려치우고 싶으니까."

"하하, 그래도 검사 놀음하기는 베이징이 서울보다는 열 배 나은 것 같던데."

"그래요? 어쨌든 그건 그렇고, 지금 전화하는 건 한 사나이의 피살 사건 때문이오."

"피살 사건?"

"그래요. 한국인이거든."

"한국인?"

"인제는 한국인들도 골치 아픈 인종이 돼버렸어요. 여기 중국에서도 마약이다, 부동산 사기다, 안 끼는 데 없으니까, 뒈질 거면 거기 서울에서 뒈지지 왜 여기까지 와서 지랄인지 모르겠어요."

장 검사는 베이징의 식도락가 검사가 전화를 걸어온 이유는 한국인인 피살자의 행적이라든가 하는 걸 알아봐달라는 부탁 때문인 걸로 생각했다. 위안 검사와는 하버드 로스쿨에서의 일 년간 연수 기간에 만나 가깝게 지냈었는데 베이징에 관광차 갔을 때는 지나칠 정도로 융숭한 대접을 받은 적도 있었다. 사람이 단순하기는 하지만 검사답지 않게 순수해 대화할 때 늘 기분이 좋았던 기억이 떠올랐다.

"자세히 얘기해봐요. 뭘 해주면 되는지."

"좀 적어볼래요?"

장 검사는 펜을 쥐었다.

"불러요."

"이름은 이정서. 이틀 전에 평양발 고려항공으로 여기 베이징에 도착한 걸로 보이는데 오던 날 밤 피살되었어요. 권총에 맞아서."

따발총처럼 위안 검사의 입에서 튀어나오는 단어 중 평양이라는 단어가 장 검사의 귀에 예민하게 꽂혔다.

"뭐요? 평양?"

"그렇소. 이 인간은 어째서 평양에서 날아왔는지 모르겠어요. 다른 말썽쟁이들은 모조리 서울에서 날아오던데."

"음, 평양이라. 확실해요?"

"고려항공 측에서 확인을 안 해주는 걸로 봐서는 평양에서 온 게 틀림없어요."

"무슨 경우가 그래요? 확인을 안 해주는데 단정하다니."

"그 친구들 하는 게 늘 그러니까. 아닐 경우에는 딱 부러지게 말해주는데 맞을 경우에는 절대로 확인을 안 해준단 말이오."

"여권을 보면 알 거 아니오?"

"여권, 지갑 할 것 없이 전부 사라졌어요."

"강도를 당한 모양이죠?"

"그건 아닌 것 같아요. 업자에게 당한 것 같은 느낌이오."

"그래요?"

장 검사는 현장을 보지 못한 입장에서 자신이 뭐라 할 일이 아니라 입을 다물었다.

"여권이나 지갑이 없는데 어떻게 신원 확인을 했죠? 평양에서 온 건 어떻게 알았고."

"비행기 꼬리표가 주머니에 꼬깃꼬깃 구겨진 채 있었으니까."

"꼬리표?"

"아마 손으로 만지작거리고 버리려다 만약의 경우를 생각해 그냥 호주머니에 놔둔 거 같아요."

"꼬리표가 아니었으면 하늘에서 떨어졌는지 땅에서 솟아났는지도 모를 뻔했군. 누가 실종 신고라도 하기 전에는 말이오. 이름이 이정서라고 했어요?"

"그래요. 그런데 그 꼬리표 뒤에 전화번호가 하나 적혀 있어요."

"걸어봤어요?"

"물론. 하지만 통화는 못 했어요. 몇 번이나 걸어봤지만 용건을 남기라기에 그냥 끊고 말았지."

"전화번호를 줘요. 내가 해보지."

"한국이 아니라 미국이오."

"뭐요? 미국."

"그래요. 지역 번호를 보니 뉴욕이더군."

"뉴욕이라……. 하여튼 전화번호를 불러줘요."

"아니, 거기서 팩스로 보내는 게 낫겠어요. 내용도 내용이지만 종내는 필체가 필요할 테니까."

"필체가 필요하다? 무슨 말이오? 사람은 중국에서 죽었는데, 수사는 한국에서 하란 말이오?"

"그런 건 아니고 같이하잔 말이오. 옛날에 하버드에서 같이 토론하고 맥주 마시고 하던 일 생각 안 나요? 나는 그래도 장 검사하고 공조한다는 기대감에 부리나케 전화를 걸었는데 장 검사가 그렇게 시큰둥하면 내가 멋쩍잖아요."

"무슨 소리? 시큰둥하다니. 나도 위안 검사와 함께 수사하는 게 즐거워요. 하여튼 사건 개요와 내가 할 일을 팩스로 보내줘요. 그런데 범인 윤곽은 아직 안 나왔어요?"

"목격자를 탐문 중이오. 사람들이 꽤 많은 지역에서 일어난 총격 사건인데 왜 이렇게 목격자가 안 나오는지 모르겠어요. 이것만 봐도 범인은 상당한 프로란 얘긴데……."

"어쨌거나 열심히 해봐요. 기본적으로 이 사건은 위안 검사 담당이란 걸 잊지 마시고."

"최선을 다할 작정이오. 안 그래도 사건이 알려지면 한국 대사관에서 꽤나 닦달하겠지. 참, 그러고 보니 한국 영사에게 서둘러 통보해주어야겠군. 자, 장 검사. 운이 좋으면 조만간 만나 한잔하게 될지도 모르겠어요."

"기대하지요. 또 연락합시다."

위안 검사가 전화를 끊은 지 얼마 안 돼 팩스머신이 드르르 울어대기 시작했다. 하지만 종이에 담긴 내용은 너무 빈약했다. 고려항공의 탑승권 꼬리표 하나와 전화번호 하나가 전부였다.

전화번호는 위안 검사가 얘기한 대로 뉴욕의 지역 번호를 머리에 달고 있었다. 장 검사는 바로 전화기를 집어 들었다. 시차를 고려하면 저쪽은 저녁 여덟시쯤이었다. 전화번호를 남기라는 한국인 남자의 녹음된 목소리가 영어로 흘러나왔다.

"류삼조요. 메시지를 남기시오."

장 검사는 부드러운 목소리로 메시지를 남겼다.

"이정서 씨를 아시는 분이면 전화를 부탁합니다. 이정서 씨는 베이징에서 불의의 사고를 당했습니다. 저는 한국의 장민하 검사입니다. 수사에 협조해주시면 감사하겠습니다."

다음으로 장 검사는 출입국관리소에 전화를 걸어 이정서의 출국 여부를 체크했다. 보름 전 인천에서 뉴욕으로 대한항공 비행기를 타고 날아간 기록이 있었다.

"베이징이 아니라 뉴욕으로 갔잖아."

장 검사는 피살자가 뉴욕과 평양과 베이징을 동시에 방문하는 여정을 가졌던 점에 주목했다. 보통의 여행객이라면 뉴욕으로 갔다 평양을 거쳐 베이징으로 들어가는 여정을 짜긴 어려울 것이었다.

피살자는 그 여정만으로도 장 검사의 주의를 끌기에 충분했다. 이런 여정을 가진 사람이 베이징에서 총에 맞아 죽었다면 뭔가 심상치 않은 신분과 이유가 있을 가능성이 높았다.

"흐음."

장 검사는 위안 검사가 사람이 많이 다니는 곳임에도 불구하고 목격자가 나오지 않는다고 푸념하던 내용이 떠올랐다.

"최 계장."

"네, 검사님."

"이 사람 인적 사항 좀 알아봐요."

"같은 이름이 많이 있지 않겠습니까?"

"보름 전쯤 인천공항에서 출국한 사람이오."

"알겠습니다."

직원은 이내 컴퓨터 자판에 손을 올리고는 열심히 두드리는 한편 여기저기 전화를 걸고 인터넷을 검색하더니 오래지 않아 피살자의 인적 사항을 일목요연하게 적어 넣은 서류를 장 검사에게 내밀었다.

직업: 소설가

가족 관계: 부인(교사)과 아들(중학생)

특기 사항: 2004년 7월 20일 인천공항에서 뉴욕으로 출국

인적 사항을 유심히 살펴보던 장 검사는 고개를 갸우뚱했다. 무엇보다 피살자의 직업이 소설가라는 사실을 이해하기 힘들었다. 뉴욕으로 평양으로 베이징으로 날아다니다 프로에게 피살당한 사람의 행적은 소설가라는 직업과는 너무나 어울리지 않는 것이었다.

항공사와 통화하던 계장은 뜻밖이라는 듯 목소리를 높였다.

"비즈니스 클래스라구요? 업그레이드한 게 아니라 제 돈 다 주고 샀단 말이죠. 원래는 뉴욕에서 인천으로 들어오는 일정이었고요. 알았어요."

계장이 전화기를 내려놓으며 의아한 듯 고개를 갸웃거렸다.

"검사님, 이상하지 않습니까? 제가 알기로 소설가라는 사람들은 돈이 없어 이코노미도 겨우 탈 것 같은데 이 사람은 제 돈 다 내고 비즈니스 석을 샀습니다."

"보통 소설가 같진 않군요."

계장은 장 검사가 동감을 표시하자 기분이 나는 모양이었다.

"게다가 이 사람은 몸뚱이가 두 개라도 모자랄 정도로 바쁘게 돌아다녔어요. 불과 보름도 안 되는 동안에 인천에서 뉴욕으로, 평양으로, 베이징으로 돌아다녔으니. 게다가 평양에 들어가려면 보통 신분으로는 어림도 없을 텐데요. 미국에서 평양으로는 또 뭘 타고 들어갔는지……. 한 마디로 종잡을 수 없는 사람입니다."

맞는 말이었다.

"최 계장, 이 사람이 무슨 연유로 평양 방문을 허가받았는지부터 알아봐요."

장 검사의 지시에 한참이나 전화기와 씨름하고 난 최 계장은 고개를 갸웃거리며 보고했다.

"정부 어떤 부처도 이 사람에게 평양 방문 허가를 내준 사실이 없답니다."

"음."

짐작대로였다. 평양 방문을 전부터 계획했던 사람이라면

이렇게 분주하게 날아다닐 리도 없었고, 뉴욕에서 인천으로 들어오는 비행기표를 구입했을 리도 없을 것이었다. 그렇다면 그의 여정은 대부분 급작스럽게 이루어진 것임에 틀림없었다.

장 검사는 중국에서 날아온 팩스에 한참이나 눈길을 주다 뭔가 생각난 듯 말했다.

"최 계장, 이 사람 국내 연고자 찾아 베이징 위안 검사실과 연결시켜줘요. 먼저 시신부터 돌려받아야 할 테니 좀 도와줘요."

—

단서

　시신이 공수돼 오자 장 검사는 시간을 내어 장례식장을 찾
아갔다. 이른 시각이어서 그런지 장례식장은 한산했다. 소복
차림의 부인이 흐느끼며 앉아 있다 장 검사가 다가가자 자리
에서 쓰러질 듯 비틀거리며 일어났다. 간단히 분향을 마친
후 장 검사는 신분을 밝히고 몇 가지 질문을 시작했다
　"최근 남편에게서 심상찮은 느낌을 받으신 적은 없습니까?"
　부인의 목은 거의 쉬어 있었다.
　"흑, 원래 평범한 분은 아니었어요."
　"평범하지 않다는 말은 어떻게 해석해야 할까요?"
　"늘 보통 사람들과는 다르게 행동했습니다."
　"그러니까 소설을 쓰셨겠지요. 그런데 최근에 특별히 다른
점은 없었나요?"
　"글쎄요. 당장은 생각나질 않네요."
　"남편은 무슨 일로 뉴욕에 가셨나요?"

"모르겠어요."

"네? 남편이 부산도 아니고 뉴욕에 가셨는데 모르신다고요? 잘 이해되지 않습니다."

"우리는 늘 그렇게 지냈는데요. 어느 날 아침 갑자기 뉴욕에 간다 하면 저야 그런가 보다 하고 급히 가방이나 챙기는 정도였어요. 그 사람은 술을 마시다가도 문득 생각나면 여행사로 전화하여 그 자리에서 비행기표를 예약하곤 했지요. 학교로 전화가 와서 받아보면, 공항인데 여행 좀 다녀오겠다고 말하곤 했어요."

"외국에 자주 나가시는 모양이군요."

"네."

"평소엔 무슨 일로 가시나요?"

"외국에 지인들도 많고 대부분 취재차 나가셨겠지요."

"소설 소재를 외국에서 많이 구하셨나 봅니다."

"그런 편이지요."

"남편께서는 주로 어떤 소설을 쓰셨나요?"

"국제 관계나 국제 정치 외교에 관한 내용이에요."

장 검사는 언젠가 그의 이름을 신문이나 잡지를 통해 본 적이 있는 것 같다는 생각이 들었다. 아, 그 사람이었구나. 장 검사는 그때서야 자신도 그의 책을 읽은 적이 있다는 사실을 깨달았다.

"바쁘다 보니 그 방면에 관심이 많으면서도 그분 책을 별로 읽어보지 못했습니다."

"그러실 겁니다."

부인은 가볍게 고개를 끄덕였다. 장 검사는 상중의 부인들이 맨송맨송한 얼굴로 잡담을 나누곤 하는 것을 볼 때면 자신이 죽은 후 자신의 아내는 어떤 표정을 하고 있을까 궁금했었다. 장 검사는 부인이 계속 흘러내리는 눈물을 닦아내는 걸 보며 서로 무관심해 보이면서도 부부간에 애정이 상당히 돈독했을 거라 생각했다.

"혹시 남편이 북한에 들어간다는 말씀을 하신 적이 없었습니까?"

"북한이오? 아니에요. 그런 말은 들어본 적이 없었습니다."

장 검사는 고개를 끄덕이다 물었다.

"류삼조라는 이름은 들어본 적 없습니까? 뉴욕에 사는 사람인데요."

부인은 고개를 가로저었다.

"처음 듣는 이름인데요."

장 검사는 버릇처럼 손등으로 턱수염을 문질렀다. 까칠까칠한 수염의 감촉이 기분 좋게 느껴졌다.

"남편이 최근에 만나거나 자주 연락을 취한 사람은 없을까요?"

"우리는 서로의 생활을 존중해 무얼 캐묻거나 상세히 얘기하는 편이 아니었어요. 그러다 보니 남편의 바깥 생활에 대해서는 아는 바가 거의 없습니다."

"아, 네."

장 검사는 부인이 무얼 감추는 건 아닌가 싶었지만 표정을 보니 전혀 그런 것 같지는 않았다.

"최근 남편께서 특이한 점을 보인 건 없었다는 말씀이군요."

"네. 소설을 쓰시는 것 말고 별다른 일은 없었어요."

소설가가 소설 쓰는 일을 특별하다고 생각할 수는 없는 일이라 그냥 돌아서려던 장 검사는 문득 피살자의 뉴욕행이 소설과 관련 있을 수도 있다는 생각을 했다. 그가 이제껏 취재를 위해 외국에 다녔다면 이번의 뉴욕행도 취재를 위한 여행일 수 있는 일이었다.

"혹시 남편이 최근 쓰던 원고를 좀 볼 수 있을까요?"

"그건 저도 아직 못 봤어요. 남편의 노트북 컴퓨터에 있을 테니까 장례가 끝나고 연락드리지요."

"네, 잘 알겠습니다. 여러모로 번거롭게 해드려 죄송합니다. 하지만 범인을 잡아내는 게 남편의 혼이라도 위로해드리는 일일 겁니다."

"저도 그렇게 생각해요. 아는 대로 다 말씀드릴 테니 뭐든 편하게 물어보세요."

"네. 감사합니다."

영안실에서 나와 검찰청으로 돌아오는 길에 장 검사는 세상에 부부가 사는 법은 참 다양하다는 생각을 하지 않을 수 없었다. 부인에게서 느껴지는 깊은 슬픔의 분위기로 보아 부부는 무척 아끼고 사랑한 것으로 보이는데 서로의 생활에 대해서는 마치 타인처럼 무관심하게 살아온 것으로 보였다. 외국에 나가면서 공항에서 전화 한 통 걸어 '어, 다녀올게' 하는 정도라면 피살자가 얼마나 분방한 삶을 살았는지 알 수 있을 것 같았다. 장 검사는 하루에도 서너 번이나 휴대전화를 걸어 어디서 무얼 하는지 묻는 걸로도 모자라 집에 돌아오면 그날 있었던 일을 사사건건 캐물어야 직성이 풀리는 자신의 아내가 떠올랐다. 이 부인처럼 편하게 사는 길과 자신의 아내처럼 그렇게 마음을 쓰며 사는 길 가운데 어느 것이 더 서로를 아끼고 사는 길인지 판단하기가 쉽지 않았다.

열흘쯤 지난 후 장 검사는 피살자의 부인에게 전화를 걸어 원고를 가지고 검찰청으로 와주도록 정중히 요청했다.

아직도 부기가 빠지지 않은 부인의 얼굴을 보는 장 검사의 마음 한 켠이 뻐근했다.

"아직 슬픔이 크실 텐데 자꾸 상기시켜드리는 것 같아 죄송합니다."

사실 장 검사의 마음은 편치 않았다. 전혀 단서를 찾아내지 못한 상태에서 학교에 수업이 있는 부인을 검찰청으로 오도록 하는 일부터 그랬다. 부인은 괜찮다는 뜻으로 고개를 약간 끄덕이고는 가방에서 디스켓 하나를 꺼냈다. 장 검사는 여직원에게 원고의 프린트를 지시했다. 원고는 약 오백 장 정도 씌어진 것이었다.

　"좀 읽어보셨나요?"

　"네."

　"저도 바로 읽어보겠습니다만, 어떤 내용인지 잠깐 설명해 주실 수 있습니까?"

　"늘 쓰시던 그런 내용이에요. 국제 정치, 특히 북미 관계에 관한 겁니다."

　"북미 관계요?"

　그 말을 듣는 순간 장 검사의 머릿속에 퍼뜩 스쳐 지나가는 도시가 있었다. 뉴욕과 평양. 둘 다 미국과 북한의 으뜸 도시였다.

　"어쩐지 그 원고가 단서가 될 것만 같은 기분이 드는군요."

　"읽어보시고 물어볼 일이 있으면 전화 주세요."

　"네. 감사합니다."

　부인이 돌아가자 장 검사는 여직원이 가져다 놓은 원고 앞 부분을 빠른 눈으로 조금 읽어보았다. 원고는 흥미로운 내용이라 술술 읽혔다.

"검사님, 휴대폰 통화 내역이 나왔습니다."

계장이 부르지 않았으면 장 검사는 원고에 그대로 빠져들 뻔했다. 장 검사는 쓴웃음을 지으며 원고를 덮었다.

최 계장은 한 달간 피살자가 휴대폰으로 통화한 번호를 일 목요연하게 뽑아 왔다. 게다가 번호를 일일이 확인해 특히 최근에 통화한 번호에 밑줄을 쳐두었다.

"아니? 이게 뭐요?"

장 검사가 가리킨 번호 옆에 대통령안보보좌관이란 메모가 있었다.

"네, 피살자가 대통령안보보좌관실에 전화를 한 적이 있더 군요. 바로 미국으로 떠나기 직전입니다."

"대통령안보보좌관? 소설가가 안보보좌관실에 전화를 걸 었다?"

"네. 틀림없는 사실입니다."

"원래 아는 사인가? 평소에도 자주 통화를 했던가요?"

"아닙니다. 단 한 차례뿐입니다. 참, 그리고 보좌관실에서 그의 휴대폰으로 걸려온 전화도 있었습니다."

"그건 언제요?"

"피살자는 오전에 전화를 걸었고, 보좌관실에서는 오후에 전화를 했더군요."

"음, 난감하군."

사실 난감한 일이었다. 느낌으로 보아서는 그 전화가 피살자의 죽음과 어느 정도 연관이 있을 것 같은데 대통령안보보좌관실이란 데가 불확실한 상황을 가지고 함부로 전화를 걸거나 할 수 있는 곳이 아니었다.

또 하나 눈길을 잡아끄는 것은 비행기 꼬리표에 있던 바로 그 전화번호였다. 류삼조라는 사람은 장 검사가 벌써 몇 번이나 음성을 남겼는데도 전혀 응답이 없었다. 장 검사는 내친김에 다시 한 번 번호를 눌렀다. 그러나 여전히 메시지를 남기라는 음성만 들려올 뿐이었다. 이번에는 음성조차 남기지 않았다.

하지만 장 검사는 조금씩 사건에 깊이 몰두하고 있는 자신을 느낄 수 있었다. 그것은 검사라는 직업에서 오는 의무감에 기인한 것만은 아니었다. 뭔지 모르지만 깊숙한 비밀이 이 사람의 죽음에 연관되어 있을 것 같은 강렬한 느낌이 다가오고 있었다.

후원회

로버트 김의 후원회는 썰렁했다. 사람들이 워낙 오지 않은 데다 희미하게나마 남아 있던 가석방의 기대가 완전히 무산되었기 때문이었다. 미국 정부는 한국 대사관의 무관에게 군사기밀을 넘긴 펜타곤의 이 중견 장교를 최대한 가혹하게 처벌하려 들었다.

한쪽 벽에 기대어 후원회를 지켜보던 준은 내려놓았던 가방을 어깨에 걸치며 미래에게 다가갔다. 준은 너무나 초라한 후원회의 풍경에 더 이상 있고 싶은 마음이 없었다. 그래서 준비한 봉투를 모금함에 넣자마자 미래의 손목을 끌고 입구로 향했다.

"왜? 벌써 가시게요?"

"네."

"차라도 한잔하고 가시지요?"

"괜찮습니다. 그런데 사람이 너무 안 왔어요."

"그러게 말입니다."

"나라를 위해 자신을 희생한 사람들에 대한 보답이 이렇게나 초라한 현실이 너무 민망하군요. 정말 너무들 하네요. 하여튼 수고하세요."

관계자에게 푸념과 인사가 뒤섞인 말을 남기고 돌아 나오던 준의 눈에 사십대 후반 정도로 보이는 한 사람이 들어왔다. 시선이 마주치자 그 사람은 시선을 돌리려는 준에게 먼저 고개를 숙였다. 준은 당황하여 얼른 고개를 마주 숙였다. 그의 체격이나 용모는 그다지 눈에 띄는 편이 아니었지만 눈매가 유난히 깊어 보였다.

"젊은 분이 이런 모임에 나오다니 대견하군요."

그 사람은 나직한 목소리로 준에게 말을 건네며 악수를 청했다.

"이름이 뭐요?"

"이준입니다."

"명함 있소?"

"아직 학생이라 명함은 없습니다."

"무슨 공부를 하고 있소?"

"전자공학과 대학원생입니다."

"석사과정이오?"

"석사과정은 거의 마쳤고 군에 입대할지 어떻게 할지 생각하고 있는 중입니다."

상대방은 고개를 끄덕이다 옆에 서 있는 미래를 보자 역시 악수를 청했다.

"이름을 물어봐도 되겠소?"

"한미래예요."

"예쁜 이름이군요. 역시 학생 같은데, 미래 양은 무슨 공부를 하지요?"

"생물학이요."

"생물학?"

그 사람은 미래를 찬찬히 훑어보았다.

"네. 연세대학교 대학원 석사과정 1학기예요. 학과 조교도 하고 있어요."

미래는 상대방의 긴 시선을 의식하며 묻지도 않은 말까지 대답했다.

"아, 그래요?"

"선생님은 후원회에 관계하시는 모양이죠?"

"아니, 나도 그냥 소식을 듣고 온 사람이오."

준은 약간 의외라는 표정을 지었다. 후원회와 아무 관계도 없는 사람이 나이가 한참이나 어린 자신에게 먼저 고개를 숙여왔다는 사실이 뜻밖이었다.

"연락할 전화번호를 받아도 되겠소?"

"네? 아, 그러세요."

준은 순간 망설였지만 상대방이 피하고 싶은 인상을 가진 사람은 아닌 데다 후원회에서 만났다는 사실에서 오는 약간의 동질감도 생겨 상대방에게 전화번호를 적어주었다.

"잘 가시오."

"네. 그럼 먼저 가겠습니다."

밖으로 나오자 준의 입에서 푸념이 절로 튀어나왔다.

"후원회가 이게 뭐야? 겨우 몇 사람만 서성거릴 뿐이잖아."

"야 야, 이만해도 어디냐?"

미래는 그나마 다행이라는 눈치였다.

"참, 이러고도 이게 나라야? 옛날 김한조 사건도 그렇고 말이야."

준은 좀처럼 분을 삭일 수 없는 모양이었다.

"김한조 사건? 그게 뭐?"

준은 푸념하듯 말했다.

"로버트 김 사건하고 똑같은 거야. 그때도 이 짝 났으니까."

"이 짝 났다니?"

"마찬가지로 사람들이 모두 고개 돌렸다는 얘기지."

"로버트 김처럼?"

"그래. 그분도 자기 재산 다 바쳐가며 나라 위해 미국에서 로비했는데 잘한다 잘한다 하던 정부가 막상 문제가 터지자

나 몰라라 하고 안면을 바꿔버렸잖아. 그 사람 미국에서 형
무소 가고 그 많던 재산 다 잃고 한국에 돌아와서는 거지처
럼 지냈는데 요즘은 신문에 나오지도 않아. 정부도 정부지만
사람들도 어쩌면 그렇게 무심한가 말이야."

"니가 특별한 거야. 오히려 보통 사람들은 널 이상하다 그
럴걸. 나도 니가 안달하니 로버트 김이 누군지 알게 된 거잖
아. 너한테 안 들었으면 아예 누군지도 몰랐을 거야."

미래가 준을 달래려고 했지만, 준은 쉽사리 사람들에게 면
죄부를 주려 하지 않았다.

"전 세계 모든 나라가 미국 의회에 로비를 못해 안달인데
이래서야 어떤 한국인이 그딴 짓 하려 들겠어? 미국을 알고
미국을 움직이는 게 나라의 운명을 좌우하기 때문에 그런 분
들이 나선 건데 이럴 수 있어! 이게 나라야?"

"여하간 불법이라는 게 문제잖아."

"불법이라도 해야지. 지금 같아서는 한반도 전쟁을 북한보
다는 미국이 일으킬 가능성이 더 크단 말야."

미래는 준이 왜 그렇게 흥분을 하는지 알 수가 없었다. 미
래는 미국 얘기가 나오면 학부 시절 어학연수를 갔던 시애틀
을 떠올리곤 했다. 조용한 시애틀의 도시 분위기와 바닷가
풍경을 잊을 수가 없어 미래는 가끔 미국에서 취업만 할 수
있으면 유학 가서 아예 정착 하면 어떨까 하는 꿈도 가져보

곤 했다. 그러나 준은 자신과 달리 미국에 편견을 갖고 늘 미국을 매도했다. 미래는 준이 흥분하여 미국을 비판할 때마다 미국이 친절하고 평화로운 얼굴도 갖고 있다며 반박했다. 하지만 이라크 전쟁 이후는 미국의 전횡이 심하다 싶어 준의 발언에 잠자코 있을 수밖에 없었다. 하지만 미국이 한반도 전쟁을 일으킨다는 얘기는 너무 지나치다 싶었다.

"그래도 미국만 한 우방 있으면 나와 보라 그래."

"넌 그렇게나 세상일을 몰라? 지난 1994년에 우리가 알지도 못한 채 북한 폭격 일보 직전까지 갔던 거 몰라? 한반도에 전쟁이 나는데 미국이 우리에게는 한마디 기별도 없이 북한을 공격하려 했단 말이야. 그게 우방이야? 자기네 국익에 따라 움직이는 거지. 로버트 김은 그런 미국이 불안하고 못 미더웠기 때문에 한 조각 정보라도 얻어 정부에 전달하려 했던 거구."

"막상 폭격 직전에는 우리에게 통보했을지도 모르잖아."

준은 미래가 계속 미국을 감싸고돌자 부아가 나는 모양이었다.

"쳇, 후원회라고! 어쨌든 애국지사를 무시하는 전통은 예나 지금이나 똑같아. 안중근 장군이 히로부미를 저격한 후에 전국적으로 일어난 데모는 부끄러워 견딜 수조차 없어. 삼천리 방방곡곡에서 조선의 은인 히로부미를 살해한 안중근을

죽이라 규탄했으니. 이게 도대체 말이나 되는 소리야? 에이,
이놈의 나라 덧정도 없어!"

"사람들이 진상을 몰라서 그랬겠지."

"그걸 말이라고 해? 당시 사람들은 머리가 발밑에 달린 줄
알아? 데모에 안 나가면 일본 놈들이 닦달하니까 그런 거 아
냐? 누구는 목숨 바치는데 그래, 그 조금 닦달당하는 게 싫어
서, 그 조그만 협박에 떨어 의사를 규탄하는 데모에 나가? 나
는 이 나라 사람들이 너무 싫어. 김한조나 로버트 김이나 신
문에 그렇게 나고 했는데도 저 후원회 초라한 꼴 좀 봐."

"그만 좀 해라. 니가 이상한 놈이라니까. 우리 맥주나 마시
자. 너 시원한 맥주 좋아하잖아."

미래는 준을 끌다시피 하며 홍대 앞으로 걸어갔다. 이 길은
걷는 사람들로 늘 북적거렸다.

"이제 기분이 좀 풀렸어?"

"풀릴 거나 뭐 있어."

미래는 서너 발자국 앞에서 걸어가는 두 남자와 한 여자를
바라보았다. 대학생으로 보이는 세 사람은 사람들 틈에서도
다정하게 어깨동무를 한 채 걸음을 옮기고 있었다.

"준아, 쟤들 좀 봐. 참 보기 좋다."

"……."

그 순간 세 사람은 좁은 골목길을 돌아서다 지하의 한 음식

점에서 나오던 한 떼의 불량배들과 어깨를 부딪쳤다.

"이런 씹새끼가!"

불량배들 중 하나가 다짜고짜 한 남자의 얼굴을 주먹으로 갈겼다.

"윽."

남자가 놀라 두 손으로 얼굴을 감싸는 순간, 다른 불량배 하나가 남자의 복부를 무릎으로 찍었다.

"왜 이래요!"

여자의 비명 섞인 항의가 채 입에서 떨어지기도 전에 불량 배의 주먹이 여자의 입으로 날아들었다.

"아악!"

곧이어 불량배의 발길이 여자의 복부를 정통으로 가격했고 여자는 땅바닥에 그냥 쓰러지고 말았다. 또 한 사람의 남자 역시 불량배들에게 처참하게 얻어맞고는 삽시간에 피범벅이 되어버렸다. 일고여덟 명의 불량배들은 살기등등한 기세로 쓰러진 세 사람을 마구 짓밟았다.

"어머!"

창졸간에 일어난 사태에 미래는 너무나 놀라 몸을 떨었다.

"저 사람들 왜 저래!"

미래가 준의 팔을 잡고 발을 동동 구르는 동안 주위에는 삽 시간에 백여 명의 군중들이 모여들었다.

"어떻게 해?"

미래의 안타까운 목소리가 거의 울먹이는 울음소리로 변하려 했다.

"신고해! 얼른."

준의 말에 정신을 차린 미래는 얼른 휴대폰을 꺼내 112를 돌렸다. 그러나 전화는 바로 연결되지 않았다.

"아, 어쩌지? 정작 중요할 때는 휴대폰이 안 터진다니까!"

―――

괴사나이

 미래가 계속 휴대폰을 누르고 있는 동안에도 불량배들은 세 사람을 마구 짓밟았다. 폭력배들의 기세가 워낙 살기등등해 말리려 들었다간 곧바로 그들의 제물이 될 것이 명약관화했다. 준은 순간적으로 뛰어들어야 할지 말지 심한 갈등에 휘말렸다.

 "어머, 난 이런 구경이 제일 좋아!"

 주로 젊은이들인 군중 사이에서 튀어나온 한 젊은 여자의 얄미운 목소리가 준의 귀를 파고들었다.

 순간 날카로운 목소리 하나가 허공에 울려 퍼졌다.

 "멈춰요! 이러다 사람 죽이겠어요!"

 뜻밖에도 앞으로 나선 것은 미래였다. 그 모습에 오히려 준이 당황했다. 미래의 날카로운 목소리는 폭력배들의 무자비한 폭행을 순간 정지시켰다. 그러나 폭력배들은 원피스 차림에 연약한 모습의 미래를 보고 어이없다는 표정을 지었다.

"어! 이 씨팔년은 또 뭐야?"

아예 웃통까지 벗어젖히고 혐오스러운 뱀 문신을 과시하며 주먹을 날리던 자가 미래에게 다가와 주먹을 휘둘렀다.

"아악!"

미래의 비명과 동시에 준이 팔을 뻗어 불량배의 주먹을 가로막았다.

"이런 좆같은 새끼가!"

뱀 문신이 몸을 비틀며 준의 멱살을 낚아채려 하자 준은 발을 걸어 그를 넘어뜨려버렸다.

"이 개새끼가!"

다른 하나가 덤비려는 순간 미리 대비하고 있던 준의 발이 정통으로 가슴을 들이찼다.

"윽!"

다음 순간 깡패들은 모조리 준에게로 후다닥 몰려들었다. 그러나 이들을 만류한 건 바로 쓰러졌던 뱀 문신이었다. 그는 천천히 몸을 일으키며 팔을 내젓고 무리를 제지하고는 잔인한 웃음을 입에 머금었다.

"흐흐, 이 씹새끼야, 오늘 넌 죽었다!"

준은 재빨리 자세를 다시 잡으려 했지만 뱀 문신이 번개 같은 속도로 주먹을 날렸다.

"악!"

턱에 주먹을 맞고 나가떨어졌던 준은 후다닥 일어났다. 그는 일어남과 동시에 바로 앞으로 다가와 있는 뱀 문신의 얼굴을 머리로 들이받았다. 우지끈 하고 코뼈 부러지는 소리와 함께 뱀 문신은 그 자리에서 뒤로 나자빠지고 말았다.

"어어, 이 씹째끼가!"

두세 명의 깡패들이 준에게 달려들었다. 몇 개의 주먹이 동시에 날아들어, 준은 몸을 숙였으나 주먹을 동시에 다 피할 수는 없는 노릇이었다. 준은 필사의 힘으로 대항하려 했지만 곧 폭력배들의 거친 주먹 앞에 무방비로 노출되고 말았다.

"윽!"

신음이 준의 입에서 터져 나왔다.

"야, 그 새끼 놔둬! 그냥 놔둬!"

코뼈가 부러진 뱀 문신이 피범벅이 된 채 일어나 천천히 걸어왔다. 그의 온몸에서는 강렬한 살기가 뻗쳐 나왔다.

"야! 그 새끼 잡아. 양쪽에서 붙들어!"

뱀 문신은 열 받아 죽겠다는 듯한 얼굴로 고함을 질렀다. 준은 두 놈에게 팔을 붙잡힌 채 복부에 가해지는 주먹을 받았다.

"윽!"

"이 개새끼들아! 그냥 놔두라니까!"

뱀 문신은 고통과 복수심이 범벅된 얼굴로 준의 앞에 섰다.

"야! 누구 칼 좀 내봐. 면도칼이 더 좋겠다. 귀때기를 잘라 버리겠어."

뱀 문신은 동료가 건네준 이발소용 면도칼을 받아 허공에 엑스자로 한번 휘둘러보더니 대뜸 준의 얼굴에 갖다 댔다.

"아악!"

미래의 입에서 허공을 찢는 비명이 터져 나왔다.

"도와줘요! 도와달라니까요! 제발요! 제발 좀 도와주세요!"

미래가 아무리 외쳐도 군중 속에서 튀어나오는 사람은 하나도 없었다. 미래는 비겁한 군중들에 분노했다.

뱀 문신이 면도날을 준의 귀에 갖다 대자 나머지 조폭들은 준을 둘러쌌다. 준은 얼굴을 돌리려 애를 썼지만 한 놈이 뒤에서 머리를 꽉 붙들고 있어 어떻게 할 수가 없었다.

"아아악!"

미래의 비명 소리가 다시 한 번 허공에 울려 퍼졌다. 뱀 문신의 면도칼이 준의 귀를 가르는 찰나였다.

"모두 물러서!"

낮고 묵직한 음성이었다. 난데없이 들려온 음성은 눈앞에 벌어지고 있는 살벌한 폭행 장면에도 전혀 동요되지 않은 안정된 것이었다. 폭력배들 앞에는 정장 차림의 한 중년 남자와 흰색 셔츠 차림의 젊은 이십대 남자가 서 있었다.

"어!"

"이 늙은 새끼가!"

"이런 씨발 새끼들이 죽을라고 뻑 쓰나!"

"와, 이것들이 오늘 사람 열 받게 하네. 이 썹새들 전부 밟아 죽어버려!"

깡패들은 모두들 한마디씩 해댔지만 왠지 모르게 약간 주눅 든 태도였다. 그만큼 사나이의 목소리는 차분하고 위엄이 있었다.

"아니, 이 새끼야. 지금 우리보고 그런 거야? 콱 죽어버릴라."

뱀 문신이 준으로부터 몸을 돌려 사나이를 향해 겁주려는 듯 면도날을 허공에 휘두른 바로 그 순간이었다.

"악!"

명치끝에 주먹이 명중하는 소리와 함께 안으로 잦아드는 외마디 비명을 지르며 뱀 문신은 그 자리에서 꼬꾸라지듯 쓰러졌다. 눈에 보이지 않는 속도에 외마디 비명으로 밖에는 표현이 안 될 강한 주먹이었다.

"어라!"

주먹의 주인은 사나이 곁에 서 있던 젊은이였다. 젊은이 역시 조금도 흥분한 기색이 없는 표정이었다. 주먹을 날린 사람답지 않게 숨소리조차 내지 않는 침착한 젊은이를 향해 한 놈이 뛰어오르며 발차기로 밀고 들어갔지만 청년은 간단하게 수도로 상대의 다리를 막고는 전광석화 같은 동작으로 왼

손을 뻗어 상대의 목덜미를 내리쳤다.

"웩!"

똘마니가 허공에서 추락함과 동시에 다섯 놈의 건달이 한꺼번에 달려들었으나 청년은 입을 꽉 다문 채 한마디도 없이 마치 기계처럼 상대들의 주먹을 피하고 발길질을 막아내면서 정확하게 급소를 가격해 일격에 한 놈씩 차례로 눕혀버렸다. 폭력배들은 주먹의 강도에 좀처럼 일어나지 못하고 맞은 부위를 손으로 감싸며 꿈틀대고 있었다.

"우욱!"

"아우!"

이때 누군가의 외치는 소리가 들렸다.

"경찰이다."

외침과 동시에 사이렌이 울었다.

"짭새다! 튀어!"

급브레이크 소리와 함께 경찰차가 와서 멎자 바닥에 나뒹굴던 폭력배들은 후닥닥 일어나 군중을 헤치고 도주했다.

"거기 못 서!"

순찰차에서 뛰쳐나온 경찰관들이 폭력배들을 추격하는 걸 보던 준은 자신을 도와준 사나이에게 인사하려고 몸을 돌리다가 깜짝 놀랐다.

"어!"

미래 역시 놀라기는 마찬가지였다.

"어머! 선생님."

사나이는 로버트 김의 후원회에서 준의 전화번호를 받았던 그 사람이었다.

"처음부터 지켜보고 있었소. 두 사람의 용기는 내게 감동을 주었소."

"선생님이 도와주시지 않았으면 지금쯤……."

"험한 놈들이라 큰일 날 뻔했소. 자, 오늘은 잘 가시오. 내 한번 연락하리다."

사나이는 손을 내밀어 악수를 청하고는 돌아섰다. 사나이의 뒤를 젊은이가 공손한 태도로 따랐다.

두 사람이 시야에서 사라지자 미래는 얼른 팔을 들어 지나가는 택시를 잡았다. 그녀는 택시를 타고서도 흥분과 공포가 쉽게 가라앉지 않는 모양이었다.

"난 아직도 안심이 안 돼."

"걱정 마, 내가 집에 데려다줄 테니."

"집까지 미행해 오는 일은 없겠지? 아까 그놈들 말이야."

"어쨌든 이 부근에서 술 마시는 건 좋지 않겠다."

"우리 집 부근으로 가자. 거기도 생맥줏집이 있으니까."

동네 맥줏집에서 마주 앉자 미래가 말을 꺼냈다.

"그분 너무 멋있지 않니?"

"응. 대단한 분이야."

"아니, 그 젊은 남자 말이야. 어쩜 눈 하나 꿈쩍 않고 폭력배들을 다 때려눕힐 수가 있지?"

"아, 그 젊은 사람? 그래. 그 사람도 대단했어."

"전혀 흥분하지 않고 마치 무슨 임무를 수행하는 사람처럼 묵묵히 폭력배들을 해치워버리더라. 인상이 아주 강했어."

"그래."

"너 얼굴 봤어? 꼭 배우처럼 생겼더라. 왜 있잖아. 그 영화에 나왔던……."

준 역시 동감이었지만 미래가 젊은이에게서 헤어 나오지 못하자 속으로 부아가 났다.

"미래야, 네 눈엔 그 사람만 보였니?"

"어머. 얘 좀 봐. 너 질투하는구나?"

미래는 즉각 다정스레 팔짱을 끼며 애교 어린 표정을 지었다. 그러나 준 역시 조금 전 그 두 사람에게 자꾸 생각이 미치는 것을 어쩔 수 없었다.

―

꼭두각시

　장 검사는 마땅찮은 표정으로 말쑥한 양복 차림의 피의자와 마주 앉았다.

　"검사님, 그러니까 이건 말 못 할 사정이 있는 사건이라니까요.

　장 검사는 눈살을 찌푸렸다. 처음 사건을 맡을 때부터 석연치 않은 점이 느껴진 데다 피의자가 자꾸 배경을 들고 나오자 피곤해졌다.

　"어쨌든 고소인의 부인과 호텔방에 들어가 옷 벗은 사실은 인정하는 거 아닙니까?"

　"그것은 인정합니다. 하지만 저는……."

　"설마 날이 더워 옷을 벗고 샤워만 했다고 주장하려는 건 아니겠지요?"

　"그렇지는 않고……."

　"복잡하게 생각하지 맙시다. 이 자리는 어떤 정치적 함의를 따지는 자리가 아닙니다. 그저 간통을 인정하느냐, 않느냐 하는 지극히 단순하고 건조한 자리입니다. 자, 얘기는 들을 만큼 들었으니 대한민국의 국회의원답게 사실대로 진술하시고 도장을 찍으세요."

"아니, 검사님. 이건 음모란 말입니다. 이런 식으로 일방적으로 가면 안 됩니다."

"뭐가 일방적이란 말입니까?"

"사건의 배후를 고려해야 한단 말입니다."

"간통 사건에 뭐 그리 복잡한 배후가 있어요? 정말 비겁하게 이러깁니까? 분명히 의원님은 간통을 하지 않았습니까?"

"검사님은 그 사진들이 언제 누구에 의해 촬영되고, 어떤 이유로 검찰청으로 보내졌는지 생각해본 적이 없습니까?"

"여긴 그런 걸 따지는 자리가 아닙니다. 여자의 남편이 간통의 증거물로 제출한 이 사진 속의 벌거벗은 남자가 의원님이 맞느냐 아니냐만 얘기하시면 되는 자리예요."

"허, 참."

국회의원의 신분을 가진 피의자는 벌써 두 시간 동안이나 장 검사에게 사정도 해보고 항의도 하는 등 온갖 방법을 다 쓰고 있었지만 장 검사는 요지부동이었다.

"정 그러면 영장 청구부터 하고 조사할 겁니다."

"무슨 소리요? 진술도 안 했는데 어떻게 영장을 청구한다는 거요?"

"부정할 수 없는 증거물이 제출돼 있고 피의자가 묵비권을 행사하는데 왜 영장을 못 쳐요?"

피의자는 다급한 표정으로 주워댔다..

"장 검사님, 이게 왜 음모의 일환인지 설명 드리겠습니다. 제 얘기를 듣고 한국의 정치인들이 처한 입장을 고려하시기 바랍니다."

"설명하지 마세요. 간통 사실만 진술하고 도장 찍으세요."

"아니, 검사님. 전후 사정을 한번 들어만 주십시오. 그러면 이 사건에 대한 생각이 달라질 겁니다."

"말도 안 되는 얘기 하지도 마세요. 최 계장, 이 건 청구이유서 준비해요."

"아, 인정합니다. 인정해요. 사실관계를 인정합니다. 인정할 테니 내 얘기를 한번 들어줘요."

"그럼 먼저 진술하고 나서 도장 찍으면 얘기를 듣겠습니다."

피의자는 마지못해 간통 사실을 인정하는 진술을 한 다음 도장을 찍었다. 그러면서도 그는 끝까지 장 검사가 사건의 배후를 알면 선처할 것이라는 믿음을 버리지 않는 모양이었다.

"자, 얘기하십시오. 약속을 했으니 경청하겠습니다."

피의자는 담배를 한 개비 빼물었다. 그는 착잡한 심정을 가눌 수 없는 듯 한참 동안이나 말없이 담배를 피우다가 이윽고 입을 열었다.

"이 사건이 검찰청에 오게 된 데는 이런 음모가 있소."

그는 검사에게 어떤 식으로 이야기를 꺼낼지를 생각하며
두 달 전의 일을 떠올렸다.

때르르릉. 때르르릉.

여자는 의아한 표정으로 이원표 의원에게 눈길을 던졌다. 그
러나 이 의원 역시 영문을 알 수 없다는 듯 눈살을 찌푸렸다.

"도대체 누구죠?"

여자가 불안감을 머금은 목소리로 물었다.

"글쎄."

이원표 의원은 망설이다 전화기를 집어 들었다. 잘못된 전
화이기를 바라는 마음이 이 의원의 머리를 가득 메웠다.

"이원표 의원이시죠?"

느낌이 극도로 좋지 않은 상대방의 첫 마디에 이 의원의 얼
굴빛이 흙색으로 변했다.

"누구요?"

이 의원은 애써 굵직한 목소리로 만들어 밀어냈다.

"지금 방으로 올라가겠습니다. 문을 열어주시죠."

이 의원은 들고 있던 전화기를 놓칠 뻔했다.

"도대체 누구냔 말이오?"

애써 억양을 넣었지만 어딘지 힘이 빠지는 목소리였다.

"보면 알 거 아닙니까? 얼른 문 여세요."

"무슨 소리야? 내가 문을 왜 열어?"

"문을 안 열 수 있을 것 같아요? 좋습니다. 그렇게 비협조적이라면 나도 협조할 수 없어요. 당장 애들 몇 올려 보내 문을 지킬 테니까 그 안에서 살림을 차리든 겨울잠을 자든 마음대로 해보세요."

"누구야? 당신 누구야?"

이 의원의 다급한 외침도 아랑곳하지 않은 채 사나이는 딸깍, 소리를 남기고 전화를 끊어버렸다.

"옷 입어! 어서!"

이 의원은 발가벗은 여자를 향해 미친 듯이 소리치면서 자신도 황급히 옷을 찾았다.

쾅쾅쾅!

그러나 호텔방을 빠져나갈 시간은 이미 놓친 뒤였다. 방문을 두드리는 소리에 이 의원은 혼비백산해 그 자리에 주저앉고 말았다.

얼마 후 커피숍에 나타난 이 의원은 억지로 태연을 가장하고 있었다. 구석 자리에 앉아 있다가 자신을 보고 손을 들어 알은체하는 사나이를 보자 이 의원은 분노와 두려움을 동시

에 느꼈다. 하지만 이 의원은 여유를 가장한 웃음을 입가에
흘렸다. 일단 사진이 찍히지 않은 이상 부정해버리면 그만이
라는 생각이 이 의원의 자신감을 돋웠다.

"앉으십시오."

사십대 초반으로 보이는 사나이가 일어나더니 정중하게 이
의원에게 자리를 권했다. 이 의원은 혹시 상대방이 녹음기를
가지고 있을지 모른다는 생각에 조금이라도 문제가 있는 말
은 아예 않기로 작정했다.

"여자가 너무나 젊고 예뻐서 처녀인 줄 알았습니다. 알고
보니 유부녀이더군요."

이 의원은 몸에서 힘이 완전히 빠져나가는 걸 느꼈다.

"시간을 아끼기 위해 단도직입적으로 얘기하겠습니다. 잡
아떼려고 하지는 마십시오. 방금 이런 일 정도는 문제가 되
지도 않습니다. 우리는 이 의원님의 검은돈에 대해 전부 알
고 있습니다."

"무슨 소리를 하는 거요?"

"태림물산에서 오천만 원, 영일건설에서 일억, 광창실업에
서 일억 이천……."

"당신 누구요? 용건이 뭐요?"

"파병안에 찬성표를 던져주십시오."

"파병안?"

"그렇습니다."

"당신들은 대체 누구요?"

"아실 것 없습니다. 파병에 찬성입니다. 아시겠죠?"

"누군지 밝히시오."

"아실 필요 없다니까요."

"당신들 기관원이오?"

"마음대로 생각하십시오. 여하튼 파병안엔 찬성표입니다. 아니면 검찰에 비리 자료를 모두 보냅니다."

사나이가 일어나 간 뒤에도 이 의원은 갈피를 잡을 수가 없었다. 문득 어떤 생각인가를 떠올린 이 의원은 휴대전화를 꺼내 들고 버튼을 눌렀다.

"최 의원, 나 이 의원입니다."

"네, 어쩐 일입니까?"

"무슨 일 없었어요?"

"무슨 일이라니요?"

"파병과 관련해서 말입니다."

"……왜요?"

이 의원은 석연찮은 최 의원의 대답에 직감적으로 그도 자신과 같은 일을 겪었다는 걸 알 수 있었다.

"파병 찬성을 종용하는 놈들이 있는데 도대체 어떤 놈들인지 알 수가 없소."

"음, 이 의원에게도 그 이상한 놈들이 찾아왔었군요."

"그렇다니까요."

"큰일입니다. 모르는 게 없는 놈들이었는데……. 앞으로 정치를 하는 한 사사건건 그놈들 요구를 들어주지 않을 수 없게 생겼어요."

"당장 파병안부터 들이미는데 어떻게 할지 모르겠어요."

"아, 지금 파병안이 문젭니까? 죽고 사는 게 그놈들 손에 달렸는데."

최 의원은 이미 자포자기 상태였다.

"음, 어떡하지. 언론이고 뭐고 온통 설쳐대며 파병 반대에 선봉을 섰는데 지금 와서 파병 찬성으로 돌면 우스운 꼴 난단 말이요. 어쩌면 내 정치 생명이 끝날지도 몰라."

"약점 있는 사람이 함부로 앞에 나서면 안 된다는 걸 몰랐습니까?"

"누가 이런 걸 알아낼지 어떻게 알았겠어요?"

"쉬, 이 전화도 끊읍시다. 생각해보니 어떤 놈들이 우리 전화를 완벽하게 도청한 것 같습니다."

"음, 된통 걸려들었는데……."

"하여튼 전화를 끊어요."

다음 날 함께 파병 반대를 부르짖었던 두 의원 중 한 사람은 파병을 찬성하는 동의안에 손을 들었고, 이 의원은 끝까지 파병 반대를 고수했다. 목숨 걸고 파병 반대를 주장해 언론에도 대대적으로 소개되었던 터라 도저히 파병안에 손을 들 수 없었던 것이었다. 표결하면서도 그는 저 많은 의원들이 손을 드는 이유는 제각각일 거라는 생각과 함께 깊은 한숨을 내쉬었다.

사실을 쓴 소설

그날 저녁 검찰청을 나서던 장 검사는 불현듯 이상한 기분이 들었다. 이원표 의원이 걸려들었다고 강변하는 음모의 내용을 어딘가에서 본 적이 있는 듯했다. 장 검사는 곧바로 그와 비슷한 내용이 얼마 전에 읽은 피살자의 원고에 있었다는 걸 알아차렸다.

베이징에서 피살된 소설가가 미완성 원고에 써놓은 내용이 현실에서 일어났다는 것을 깨닫자 장 검사는 이상한 기분이 들면서 그 원고를 일개 소설로 치부해버릴 것만은 아니란 생각이 들었다.

장 검사는 사무실로 들어가 원고를 책상 위에 펼치고 그 부분을 다시 한 번 읽었다. 작가는 원고에서 한국의 정치인을 비롯한 주요 인물들이 미국의 정보기관에 치명적인 약점을 잡혀 평소에는 소신대로 뭘 하는 척하지만 중요한 일에서는 은밀히 미국의 입장을 대변할 수밖에 없다는 구도로 이야기를 전개시켜나가고 있었다.

"음."

이원표 의원의 얘기를 듣고 난 지금은 며칠 전과는 또 다른 의미로 원고가 부각돼왔다. 그저 허구려니 싶었던 소설이 이 제껏 그 어느 언론에서도 보도하지 않은 부분을 얘기하고 있었고, 소설적 설정이 마치 예언처럼 사실로 다가왔다.

작가가 죽지 않았다면 원고에서 설정한 모든 상황에 대해 같이 얘기하고 싶은 기분까지 들었다. 그러자 어쩔 수 없이 장 검사의 의식은 피살자의 살해로 집중되었다. 소설가답지 않은 일정을 펼쳐 보이던 피살자가 과연 어떤 이유로 누구에 의해 살해되었을까 생각하던 장 검사는 '대통령안보보좌관'이란 단어를 떠올렸다. 피살자는 뉴욕으로 날아가기 전 대통령안보보좌관과 통화를 하지 않았던가. 작가의 소설이 이원표 의원이 주장하던 음모론을 일목요연하게 담고 있었다는 사실은 장 검사로 하여금 소설 속의 장치인 대통령안보보좌관이란 단어를 무심하게 지나치지 못하도록 만들고 있었다.

장 검사는 그 부분을 다시 읽었다.

이라크 파병을 두고 한국 사회는 둘로 쪼개져 맹렬한 대립을 보이고 있었다. 이정우 교수는 상대의 논리에는 귀조차 기울이지 않고 자신의 주장만 일방적으로 강요하는 이런 대립에 넌덜머리가 났다. 이 세상의 모든 일이 그러하듯 양측의 주장은 맞기도 틀리기도 하는 것이지만 대학에서조차 일절 타협은 없었다.

이정우 교수는 사회가 조금씩 흑백논리에 물들어간다고 생각했다. 같은 땅에서 같은 하늘을 이고 살지만 생각은 정반대로 다른 사람들이 사회 곳곳에서 마주 보고 달려오는 기관차처럼 격돌하고 있는 형국이었다.

이정우 교수 자신은 양측의 논리가 모두 수용할 만한 거라는 생각을 가지고 있었다. 파병을 반대하는 세력에서 내놓은 미국의 명분 없는 침략 행위에 결코 동조할 수 없다는 주장은 인류의 대의라는 측면에서 볼 때 틀리지 않았다.

그러나 그 반대 주장에도 충분한 이유가 있었다. 반세기 이상 군사동맹을 맺고 삼십만을 한국전에 보내 오만 가까운 전사자를 낸 미국의 요청에 오불관언하고 있을 수는 없다는 논리도 타당성을 갖고 있었다.

이정우 교수는 정치학자로서 자신이 무슨 일이든 해야 한다고 생각했지만 현실적으로 대립을 해소할 만한 방안은 없었다.

그러던 어느 날 이정우 교수의 연구실로 전화가 한 통 걸려왔다.

"나야, 텍사스 주립대학에서 같이 공부하던 윤보삼."

"어, 윤보삼. 아니, 이게 얼마 만이야. 지금 어디야?"

"후후, 어디긴? 한국이지."

"아니, 어떻게 한국에 왔지?"

"왜? 난 한국에 오면 안 되나?"

"아니, 미국에서 일한다고 들었던 것 같은데. 서류상 당신은 미국인이잖아."

"한국에 왔어. FBI 지국장으로 말이야."

"그래? 좌우간 만나 한잔하자구."

며칠 후 만난 윤보삼은 누군가와 함께 나왔다.

"워싱턴의 정치평론가야. 부시의 선거 전략을 짜고 있는 분이지. 선거에서는 북한 문제가 중요한 이슈라 여기 서울에서라도 평양 냄새를 좀 맡고 싶다 해서 같이 왔어."

"북한이 선거에 중요한 이슈라……."

그날 술자리를 마치고 집으로 돌아오던 이정우 교수의 머리에는 어떤 생각이 전광석화같이 스쳐 지나갔다.

며칠 후 그는 대통령안보보좌관에게 전화를 걸었다. 통화를 끝낸 그는 류삼조 박사를 만나기 위해 뉴욕으로 출발했다.

"음."

장 검사의 입에서 자신도 모르게 신음이 흘러나왔다. 그는 얼마 전 서점에서 산 이정서의 다른 소설 머리말에서 보았던 작가 서문을 떠올렸다.

'소설은 사실보다 더 진실이라야 한다.'

매우 의미심장한 말이었다.

이 작가 서문은 무얼 말하는가. 그는 자신이 쓴 소설에 등장하는 이런 일화들이 사실이라고 주장하는 건가. 그렇다면 그의 죽음은 소설 속의 인물이자 실제 인물인 대통령안보보좌관이나 뉴욕의 류삼조 박사와 관련이 있다는 얘긴가.

—

검사의 눈물

한참 생각에 잠겨 있던 장 검사는 이내 쓴웃음을 지었다. 일개 소설에 나오는 허구적인 내용을 자신이 그렇게도 골똘히 생각했다는 것이 우습기도 하고 부끄럽기도 했다. 아무리 소설가가 피살되었다 하더라도 피살자의 소설에서 그 단서를 찾는다는 것이 한심하기조차 한 일이라 여긴 장 검사는 서둘러 사무실 문을 나섰다. 괜히 지체했다가는 모임에 늦을 것 같았다.

"장 검사, 요즘 왜 그리 바빠? 공안부로 가더니 역시 사건이 많긴 많은 모양이야. 자, 늦었으니 벌주 석 잔 하셔야지."
작년까지 근무하던 특수부의 회식 자리는 역시 흥겨웠다. 새로 들어온 후배 검사들은 장 검사의 무용담을 귀가 아프도록 들었다면서 술을 권해왔고, 부장은 부장대로 장 검사 없으니까 일도 더디지만 어딘가 모르게 허전하다는 말로 장 검사를 환대해주었다.

그러나 역시 반가운 건 동기였다. 사법연수원 때부터 친했던 동기 오 검사는 회식이 끝나고 나서도 장 검사를 놓아주지 않고 기어이 맥줏집으로 끌고 갔다. 이런저런 얘기를 나누던 장 검사는 마침 오 검사를 잘 만났다고 생각했다. 그는 얼마 전 대통령 선거에서 불거진 국정원 도청 사건을 수사한 검사였다.

이원표 의원이 도청 어쩌고 하던 말의 진위를 어느 정도 느껴볼 수 있는 기회였다.

"이봐, 오 검사. 뭐 하나 묻고 싶은 게 있어."

"뭐야? 뭐든 물어봐."

"그 국정원 도청 사건 말이야. 자네가 맡은 것 같던데."

"그래, 내가 했어."

"어떻게 끝난 거야?"

"어떻게?"

장 검사의 뜻하지 않은 질문에 오 검사는 갑자기 정신을 차리는 듯했다. 상대의 반응을 보며 장 검사는 수사와 관련하여 이 친구에게 뭔가 사정이 있었겠구나 하는 생각을 했다. 그렇지 않고서야 호탕하기로 동기 중에서 제일간다는 오 검사가 취한 상태에서 이렇듯 예민한 반응을 보일 리 없었던 것이다.

"그래. 그 사건 수사한다는 건 신문에 크게 나왔는데 뒤가 어떻게 됐는지는 전혀 얘기되는 바가 없잖아."

"뒤가? 뭐 말이야?"

"그래."

"뒤라……. 뒤는 없어."

"무슨 말이야, 그게?"

"뒤가 없다니까. 앞이 없으니 뒤도 없는 거지."

"웬 선문답이야?"

"이봐, 장 검사. 술이나 하지. 그런 얘기는 접어두고."

"오 검사! 도대체 어떻게 된 일이야? 오영철이 기백은 다어디로 간 거야? 수사가 끝나고 나서도 꼭 되짚으며 반성회를 갖던 자네가 덮어두자구? 그건 자네 방식이 아니야."

장 검사의 날선 비난에도 한동안 묵묵부답이던 그가 조용한 목소리를 입 밖으로 밀어냈다.

"오영철이가 갔다고 말하는 거야? 대한민국 제일의 특수통 오영철이가 맛이 확 가버렸단 얘기지? 그래, 맞아. 너는 내 친구니까 역시 나를 잘 알아. 나는 갔어. 맛이 확 가버렸단 말이야."

장 검사는 속으로 적이 놀랐다. 프라이드 하나로 십 년 가까운 검사 생활을 버텨온 이 오영철 검사가 도대체 무슨 일이 있었기에 이토록 자조적인 독백을 서슴없이 내뱉는지 알 수 없었다.

장 검사는 건드리지 말아야 할 부분을 건드렸나 싶어 서둘러 발언을 철회했다.

"아니, 오 검사. 괜찮아. 그냥 지나가는 얘기로 물었던 거야. 얘기하기 싫으면 그만둬. 우리 다른 데로 옮겨 한잔 더 하자."

하지만 그 말이 되레 오 검사를 자극했는지 그는 맥주잔을 터져라 움켜쥐고 고개를 숙인 채 한참 동안 움직이지 않았다.

"아니!"

장 검사는 소스라치게 놀랐다. 오 검사가 고개를 숙이고 있는 테이블 위로 몇 방울의 액체가 떨어지고 있었다. 오 검사의 눈물이었다.

"오 검사, 왜 그래? 도대체 왜 그러는 거야? 무슨 일이 있었던 거야?"

이윽고 오 검사는 고개를 들고 움켜쥔 맥주잔을 입으로 가져가 벌컥벌컥 들이켰다.

"자네 오늘 좀 취한 모양이야."

장 검사는 그제야 오 검사가 얼마 전의 동기 모임에서도 평소와 달리 마구 술을 들이켰던 사실을 떠올렸다. 그때는 그저 동기 모임이라 기분이 나서 그러는 줄로 생각했는데, 지금 보니 그게 아니란 생각이 들었다.

"개새끼들 죽여버린다! 너희가 이 오영철이를 그렇게나 모욕했어! 그래, 죽인다. 한번 걸리기만 해라, 이 개새끼들아!"

오 검사는 숫제 주먹을 쥔 채 절규했다.

"오 검사, 오늘 너무 취했어. 그만 일어나. 가자구. 집으로 데려다줄게."

"아냐, 나 안 취했어. 정신이 아주 또렷해. 나 이제 옷 벗는다. 나 이제 더 이상 검사 안 해. 개새끼들 죽여버릴 거야."

"이봐, 오 검사. 도대체 무슨 얘기야? 누굴 죽인다는 거야?"

"이봐, 장 검사, 아니 장민하. 이봐, 민하. 나 그래도 정의를 구현한다는 신념 하나로 이 세상을 살아왔어? 안 그래?"

"그럼. 영철이 네가 제일이었어. 지금 이 순간에도 우리 동기 중에선 네가 단연 앞서 있잖아. 부장도 네가 제일 먼저 될 테고."

"난 이제 검사가 아냐. 넌 내 마음 알아줄 수 있니? 응, 장민하. 내 이 억울한 마음 알아줄 수 있는 거야?"

"그래, 난 다 이해해. 말해봐, 무슨 일이 있었는지. 개새끼들이란 게 누구야?"

"국회의원 새끼들. 나 검사 집어치우고 무슨 수를 써서라도 국회에 들어간다. 거기 들어가서 그 새끼들 부정 샅샅이 캐내 전부 너한테 줄 테니까 한 놈도 빠뜨리지 말고 다 기소해버려! 그리고 이놈의 나라. 이 나라, 대한민국은 왜 이렇게 슬픈 나라냐? 왜 이렇게 나를 슬프게 하느냔 말이야? 왜 이

오영철이를, 오로지 이 사회에 정의를 심겠다는 일념으로 십년 세월 외눈 하나 안 팔고 야합 한 번 안 하고 청탁 한 번 안 들어준 이 오영철이를 깨버리난 말이야?"

"얘기를 하라니까! 얘기를 해야 알 거 아냐."

"그래, 내 다 얘기할게. 미안하다. 민하야, 자리를 옮기자. 내 다른 데 가서 다 얘기할게."

장 검사는 서둘러 밖으로 나왔다. 지나가는 택시를 타고 안면이 있는 조용한 카페로 자리를 옮겼다. 찬 맥주를 한 잔 들이켜고 난 오 검사는 아까와는 전혀 다른 침착한 사람이 되어 있었다.

"장 검사, 아까 내게 국정원 도청 사건 물었지?"

"그래."

오 검사를 자극했던 바로 그 질문이었지만 오 검사는 언제 그런 일이 있었냐는 듯 건조하고 이성적인 단어를 연결해나갔다. 마치 수사를 마치고 수양회를 하는 듯했다.

"선거가 끝나고 노 대통령이 먼저 사건을 언급했지. 거기에 맞춰 민주당이 고소를 해왔고."

"응."

"수사 실무는 내가 맡게 됐어. 물론 사건이 사건이니만치 부장은 말할 것도 없고 차장, 지검장, 총장까지 있는 대로 신경을 곤두세웠어. 언론은 언론대로 노무현이 당선 후 첫 번째 휘두르는 칼에 어느 놈들이 맞아 죽나 눈을 부릅뜨고 지켜보고 있었어. 나는 내심 검사 생활 중 처음 맞는 대통령 사건에 대한 기대가 대단했지."

"그랬겠군."

"우선 민주당 측 고소인들을 불렀어. 민주당이 고소한 내용은 한나라당이 의원들은 말할 것도 없고 청와대까지 국정원에 의해 도청을 당하고 있다고 폭로해 대통령 선거에서 여당 후보인 노 대통령을 떨어뜨리려 했다는 거야."

"고소장 내용은 당연히 그런 거겠지."

"그래서 신문할 내용을 준비한 뒤 도청 폭로와 관련된 한나라당 관계자들을 불렀어. 그런데 이들이 나오질 않는 거야. 아무리 불러도 나오질 않아. 위에서는 당황했지만 나는 오히려 잘됐다고 생각했어. 구인장을 발부받든 체포장을 발부받든 해서 전격적으로 데려오려 했지."

"음."

"힘없는 서민은 전화 한 통화만 해도 벌벌 떨며 달려오는데 권력자들은 소환장을 몇 번이나 보내도 눈썹 하나 까딱 않는 걸 보며 이제 이 부분 개혁은 내가 확실히 한다고 잔뜩 별렀어. 또 약해지지 않으려고 스스로에게 다짐했어. 이번에 의원들을 소환하지 못하면 나는 검사직 그만둔다고 말이야. 그래야 서민들하고 밸런스도 맞고, 무엇보다 검찰이라는 존재가 당당하게 유지된다고 생각했지."

"그래서?"

"그런데 이들이 한사코 안 나와. 아니, 안 나오는 건 고사하고 대답도 없어. 왜 안 나오는지 언제 나오겠다든지 하는 말도 없이 그냥 안 나오는 거야. 위에서는 긴급체포에 절대적으로 반대하고. 참, 주무 검사로서 할 일이 없더군. 언론의 채근을 받던 부장은 할 수 없이 휴대폰이 도청 가능한지 어떤지 시험을 하니 어쩌니 하면서 수사를 진행시켜보려 했지만 그게 문제의 본질은 아니잖아."

"그렇지."

"국정원에서도 자체적으로 조사를 했지. 누가 한나라당에 도청 정보를 알려주었는지 여부에 대해서 말이야."

"그때 누군가를 찾아내 검찰에 고발하지 않았나?"

"그래. 하지만 그건 국정원에서 그런 조사를 하고 있다는 사실을 한나라당에 알려준 자를 찾아낸 것뿐이야. 실체는 오리무중이었어."

"그럼 국정원에서는 눈 가리고 아웅 하는 식으로 자신들의 범죄를 덮어버렸단 말이야?"

"아니야. 그건 아니야. 국정원에서는 도청을 하지 않았어. 그들 자체적으로 진실성을 갖고 철저히 조사했지만 도청한 사람이나 부서를 찾아내지 못했어."

"그럼 어떻게 생각해야 하지? 국정원이 도청을 했지만 한나라당이 선거에서 지니까 감쪽같이 은폐했다는 얘기로 받아들여야 하나?"

"국정원의 자체 조사가 그리 허술하지는 않아. 정권도 바뀌고 주요 보직이 여당 측 인물들로 채워져 은폐는 불가능했어. 우리 모두의 결론은 국정원에서는 그런 도청을 한 일이 없다는 거였어."

"그래? 그럼 국정원 도청 사건의 실체는 뭐야?"

"내가 처음에 뭐라 그랬어? 그 사건은 실체가 없다고 했지."

"무슨 말이야?"

"실체가 없는 사건이야. 그 모든 것을 주무르는 자는 어차피 드러나지 않아. 그래서 노 대통령의 첫 칼부림은 허공을 긋고 만 거야."

"무슨 말인지 답답하군."

"답답하겠지. 이렇게 얘기하면 이해가 가겠나?"

"말해보게."

"노 대통령의 지시를 받아 검찰에 고소장을 제출했던 당사자인 민주당이 고소를 취하해버렸어."

"그건 나도 알고 있어."

"그게 뭘 말하는 거겠어?"

"글쎄."

"수사가 조금씩 진행되면서 민주당 스스로, 아니 노 대통령 스스로 깨달아버린 거야. 이건 자기도 건드릴 수 없는 사건 이란 것을."

"이 나라에 대통령도 못 건드리는 사건이 있단 말인가?"

장 검사는 고개를 갸우뚱했다.

"그래. 청와대, 검찰, 한나라당, 민주당, 국정원. 대한민국 최고의 기관들이 모두 도청 사건을 한 자락씩 붙들고 있지만 그 진정한 실체는 접근 불가능이라는 얘기지."

"무슨 말이야? 도청 자체는 분명히 있었잖아?"

"있었지."

"그런데 대통령이 지시하고 검찰이 사건을 맡았는데 해답 이 없다니?"

"범인은 제삼자야."

"제삼자라구?"

"그래. 모두가 제삼자의 장단에 놀아난 거지."

사설기관

장 검사는 오 검사의 말을 듣고서도 뭐가 뭔지 짐작할 수 없었다.

"모두가 제삼자의 장단에 놀아났다면 국정원 도청 사건의 진실은 뭐야?"

"진실? 진실은 없어. 그 사건에 대한 진상은 처음부터 밝혀지지 않게 되어 있는 거야."

"무슨 말인지 도대체 이해할 수 없어."

"자네도 알겠지만, 알려진 진실과 실제의 진실은 다르지 않은가?"

"그야 그렇지. 하지만 이 사건과는 어떻게 연결해서 생각해야지?"

"한나라당이 발표한 사례가 국정원에서 나온 게 아니라 국정원 밖에서 나온 거라고 생각해보게."

"그게 제삼자란 말인가?"

"그래. 검찰이 아무리 수사해도 헛일이야. 진실은 제삼자로부터 나오는데 그자가 무슨 일이 있어도 수사에 등장하지 않는다면 검찰의 수사란 게 오히려 진실을 왜곡할 수밖에 없지 않겠어?"

"수사에 등장하지도, 보이지도 않는 제삼자가 이 도청사건을 만들었다?"

"비단 이 사건뿐이겠어? 사건을 수사하면서 점점 이 사회가 보이지 않는 자의 힘에 이끌려 돌아가고 있다는 무서운 생각이 들더군."

"왠지 기분이 이상해지는데."

"예를 들어줄까?"

"예?"

"자네 SK 사건의 본질에 대해 생각해본 적 있나?"

"SK 사건?"

"그래, 형사부에서 시작했지."

"……."

"그런 사건은 내부 깊은 곳에서 기막힌 정보가 흘러나오기 전까지 수사할 수 없다는 건 누구보다 자네가 잘 알 것 아닌가?"

"그것도 바로 그 제삼자가?"

오 검사는 말없이 고개를 끄덕였다.

"두 사건은 전혀 갈래가 다른데. 만약 그렇다면 도대체 왜?"

"이유는 몰라. 하지만 분명한 것은 대선 자금 수사로 이어져 이 나라를 뿌리부터 뒤흔든 그 SK 사건의 제보자가 누군지 아무도 모른다는 거지."

"여자 문제로 비롯됐다는 소문이 있던데……. 자네는 그 제삼자가 시작한 일이란 얘기야?"

"그런 일에는 늘 소문이 따라다니지. 하지만 소문은 소문일 뿐이야."

"그런 유추는 가능하군. 노무현을 떨어뜨리기 위해 도청 정보를 내놓은 자가 있다면 당선된 노무현을 흔들기 위해 뭔가를 할 수도 있겠군."

"바로 그거야. 여야를 막론하고 어떤 정치인이나 기업인도 대선 자금이 불거지는 것을 원치 않았다는 사실에 주목해."

"제삼자라……."

"SK는 한 예로 생각할 수 있어. 가장 깊은 곳에서 나오는 최고급 정보, 그건 모든 걸 좌우하지. SK가 문제가 아니야. 그 어떤 기업도 한 방에 갈 수 있어."

"음."

장 검사는 머릿속이 상당히 복잡해졌다.

"비리 없는 기업이 몇이나 되겠나? 한국 사회의 기업은 여하튼 문제가 있게 마련 아닌가. 그런데 검찰은 못 캐내. 겉부터 핥아 들어가면 막강한 변호사들을 동원해 전부 막아내거든. 하지만 그 보이지 않는 자라면 어떨까?"

"음."

"그는 물론 속 깊은 비밀까지 속속들이 알고 있어. 그가 어느 기업의 최고 비리에 관한 결정적 정보를 우리에게 보내면 우리가 수사하지 않을 수 있겠나?"

"그렇다면 제삼자란 도대체 누구란 말인가?"

"보통 사람은 알 수 없는 자, 아니 너무나 잘 알기에 오히려 모르고 있는 듯한 자이지."

"짐작조차 할 수 없군. 정보기관이 아니라면……."

오 검사는 고개를 가로저었다.

"정보기관? 그들도 다만 꼭두각시에 불과해."

"그러면 과연 누가 그렇게 전지전능한 능력을 갖고 있단 말인가?"

"자네 김대중 대통령이 평양에 갔을 때 공항에서 시내까지 김정일의 리무진에 탔던 걸 기억하나?"

"음."

"왜 그랬지? 경호원들을 혼비백산하게 하면서."

"글쎄."

"바로 그자를 피하기 위해서지. 그자의 귀 말이야. 남북 정상은 도청 방지 장치가 되어 있는 김정일의 리무진에 타고서야 안심하고 깊은 얘기를 나눌 수 있었던 거야."

"그럼 이제껏 자네가 얘기하던 그 보이지 않는 자란……?"

장 검사는 그제야 어렴풋이 오 검사가 얘기하는 그 제삼자의 정체를 느낄 수 있었다.

"국정원 도청 사건의 장본인은 민주당에 의해 사설기관이란 단어로 표현된 적이 있었지. 여당인 민주당도 오죽 답답했으면 도청 자료를 한나라당에 넘긴 건 사설기관이라 얘기했겠어?"

"사설기관이라……?"

"그래, 사설기관. 그거나 그 사설기관이라는 단어는 또 얼마나 우스운가 말이야. 국정원도 못하는 도청을 일개 사설기관에서 했다니. 그리고 여당이나 언론은 그 사설기관이 어느 기관인지를 밝히지도 못하고. 사설기관이라면 그게 백두산흥신소인지 번개심부름센터인지 나와야 하지 않겠나? 이제 알겠어? 그 제삼자가 누구인지."

장 검사는 오 검사가 말하는 제삼자가 누구인지 확연히 알 것 같았다.

"미국이군!"

오 검사는 고개를 끄덕였다.

"그러니 대통령의 지시에 따라 시작된 수사도 흐지부지 끝날 수밖에 없는 거지. 비참하고 부끄러운 일이야. 나는 당사자 소환 한번 못 해보고 사건에서 손을 놓아야 했구. 내 스스로에게 했던 약속은 흔적도 없이 사라져버리고……. 그래서 요즘 나는 술잔이나 기울이고 사네. 열여섯 번에 걸친 소환 요청을 하고도 참고인 얼굴 한 번 못 본 쓰라림을 달래려고 말이야."

오 검사의 목소리가 힘없이 떨어져 내렸다.

"대통령도 어떻게 하질 못하는데 자네가 그렇게 자조할 필요는 없지 않을까?"

"그렇게 생각하면 편하지. 하지만 이젠 예전처럼 피의자를 자신 있게 닦달할 수 없네. 그중 누군가가, 당신 정말 힘있는 자들은 소환 한 번 못하면서 약자만 괴롭히는 거 아니오 하면 나는 할 말이 없을 것 같아. 정의란 상대가 누구건 가리지 않아야 하는데……. 이게 무슨 꼴인지 모르겠어."

"과거 청와대 도청 사건 이후 박정희 대통령이 도청 히스테리에 걸렸다는 얘기는 들었지만 미국이 그렇게까지 이 사회 곳곳에 마이크를 갖다 대놓고 있는 줄은 몰랐네."

"CIA는 여기 남한의 미군 기지에 앉아 북한의 김정일 집무실에서 바늘 하나 떨어지는 소리까지 도청할 수 있어."

"그건 알지만 어떻게 그런 군사 장비를……."

"군사 장비라? 설마 자네는 CIA가 도청기의 방향을 북한에만 고정시켜놓고 있으리라 생각하는 건 아니겠지?"

"아!"

장 검사의 입에서 신음이 새어 나왔다. 이정서의 원고에서 본 적이 있는 구절이었다.

　—이제 기술은 비약적으로 발전했어. 누구든 도청을 당하면 약점이 잡히는 거야. 생각해봐. 우리나라의 중요한 인물이 모두 도청의 노예가 되어 중요한 순간에는 그 보이지 않는 자를 위해 봉사해야 한다고.

　—무섭네요.

　—박정희, 김정일뿐만 아니라 이 사회 각 분야의 중요한 인사들은 이미 도청에 걸려 치명적 약점이 다 노출돼 있다고 보면 돼. 사소한 일에는 제 목소리를 내는 것 같지만 정작 중대한 문제에서는 상대의 의도에 따라 춤을 추는 꼭두각시밖에 못 되는 거야. 그들은 심지어 군사 장비까지 동원해 도청을 하고 있어.

장 검사에게 이정서라는 소설가는 이제 아주 신비롭게 다가왔다. 그리고 이원표 의원의 음모 운운하던 얘기가 그저 구차한 변명이 아닐 것이라는 생각이 차츰 머리를 채워옴과 동시에, 자신이 이원표 의원을 막무가내로 몰아붙인 것은 보이지 않는 자의 의도를 채워주는 로봇과 같은 행위였을지도 모른다는 생각이 들어 장 검사는 가슴이 답답해왔다.

나방 채집

똑똑똑.

"네, 들어오세요."

학과 사무실에 나와 있던 미래는 하던 일을 멈추지 않은 채 건성으로 대답했다. 분명 시험 성적을 알아보러 온 학생이거나 기타 잡다한 일로 학과 사무실에 들른 사람일 것이었다. 문이 열리는 소리가 나고도 한참 동안 기척이 없자 미래는 고개를 들었다.

"어머!"

바로 그 사람이었다. 홍대 앞에서 보았던 중년의 사나이.

"미래 양, 반갑소."

"어머, 선생님! 그러잖아도 꼭 다시 뵙고 싶었어요."

"오늘은 내가 뭘 좀 물어볼 게 있어 찾아왔소."

사나이는 어색함을 머금은 목소리로 대답했다. 자세히 들으니 그의 억양이 왠지 특이하다고 미래는 생각했다.

"네, 말씀하세요."

"혹시 나방에 대해 잘 아는 학생이 있을까?"

"나방이오?"

"그래요, 나방."

전혀 뜻밖의 얘기였다.

"글쎄요."

미래는 어떻게 대답해야 할지 몰랐다. 나방이라면 잘 알고 모르고 하는 차이가 별로 없을 것 같다는 생각을 하면서 미래는 자신도 모르게 사나이의 모습을 훑었다. 그때는 못 느꼈는데, 이제 보니 어딘가 학자 같은 느낌을 주는 사람이었다.

"아주 전문적인 지식이 필요한 건 아니고 나방의 생태나 뭐 그런 것을 조금만 아는 학생이면 되겠는데……. 아니면 나방을 잘 잡는 정도로도 족해요."

미래는 피식 웃을 뻔했다. 위엄 있던 그 사나이의 첫인상과 다소 수줍어하듯이 나방 얘기를 꺼내는 지금의 표정이 너무나 어울리지 않았다.

"나방으로 뭘 하시는데요?"

"뭐, 그런 학생이 있으면 날 좀 도와주었으면 해서."

"같이 나방을 잡으러 다니시게요?"

미래가 약간 농담을 섞어 한 얘기에 사나이는 진지하게 반응했다.

"바로 그거요."

"어머, 그래요? 그런 건 아무나 할 수 있는 일이잖아요. 직접 하셔도 되구요."

"아, 하지만 나는 나방을 잘 못 잡아요. 보는 것조차도 싫어요. 무섭기도 하구."

"네에?"

미래는 자신도 모르게 웃음이 나왔다. 얼마 전 홍대 앞에서는 비밀의 권력이라도 가진 사람처럼 보였던 바로 그 신사가 지금은 나방이 무섭다며 손을 내두르고 있었다.

"수고비는 줄 거요, 충분히."

"나방을 잡는 데 수고비를 주신다구요?"

사나이는 말없이 고개를 끄덕였다.

"몇 마리나 잡아야 하는데요?"

"큰 놈으로 한 마리만 잡으면 될 거요."

"어느 만큼 커야 하죠?"

"뭐 그리 크지 않아도 될지 모르고……. 하여튼 잡아봐야 알 수 있을 거요. 나방의 힘을 내가 모르니. 나방이 파리보다 힘이 셀까?"

"네?"

미래는 무슨 말인지 모르겠다는 표정으로 사나이를 쳐다봤다.

"날아가는 힘 말이오. 아마 큰 놈이면 파리보다 힘이 세겠지요."

"당연히 나방이 파리보다 힘이 세겠지요 뭐. 그런데 그런 걸 비교하는 사람도 있나요? 참, 그리고 아직 여쭤보지 못했는데 뭐 하시는 분이세요?"

"과학자요. 기술자이기도 하지요."

미래는 전투적 카리스마가 넘치던 홍대 앞의 그 사나이가 자신을 과학자라고 소개하자 더 이해하기 힘들었다.

"벌레들의 힘을 연구하는 프로젝트를 맡으셨나요? 그런 걸로 기술을 개발하시는 모양이죠?"

"아니요. 그런 건 아니고……."

"그럼 뭘 하시려고요? 나방을 잡아 가지구요."

"하하, 그건 말할 수 없어요."

"무슨 첨단 기술이라도 개발하는 모양이죠?"

"허허."

사나이는 그저 웃기만 했다.

"그런데 나방을 잡아주는 학생에게 정말 수고비를 주시려구요?"

"물론이오. 상당한 금액을 지불할 거요. 그리고 나방을 잡아 가지고 약간 손을 봐줘야 하는데."

"어떻게 손을 봐드리는데요?"

"음, 뭐랄까, 일종의 간단한 수술을 하는 거요."

"수술이오?"

미래는 사나이가 대학의 생물학과를 찾아온 데는 그럴 만한 이유가 있어서였구나 하는 생각에 진지한 표정을 지었다.

"간단하지만 수술은 수술이오. 나방의 배를 가르고 그 안에 알집을 하나 넣는 거요. 그러고 다시 나방의 배를 붙이는 거요."

"알집이라구요? 그럼 원 나방의 것이 아닌 알을 넣는다는 얘기예요?"

"자세히는 말할 수 없소."

미래는 요즘처럼 아르바이트 구하기가 힘들 때 수고비를 받고 나방을 잡을 학생은 얼마든지 구할 수 있을 것으로 생각했다.

"얼마를 주실 거죠?"

"백만 원이면 되겠소?"

"네? 그깟 일에 백만 원이라구요?"

"내게는 그깟 일이 아니오."

"아니, 그래도……."

"실은, 미래 양이 직접 해주었으면 싶은데……."

"흐음."

미래는 잠시 생각에 잠겼다. 일 자체는 무척 간단한 것 같았다. 약간 징그럽긴 하겠지만 잠시만 참으면 되는 일이었다. 나방이라면 지천에 깔렸으니 어디 산속 깊이 들어갈 필요도 없는 일이었다.

"언제 하시죠?"

"당장. 오늘 밤이라도 좋소. 빠르면 빠를수록 좋으니까."

사나이는 지갑에서 수표 한 장을 꺼냈다. 미래가 얼핏 보니 액면 백만 원짜리였다.

"먼저 돈을 받으시오."

미래는 두 손을 마구 저었다.

"아니에요. 저희 생명의 은인이신데 무슨 돈을 받아요. 어떻게 은혜를 갚나 하고 있었는데요."

"아니, 이건 너무 중요한 일이오. 그만한 대가가 따르는 중대사란 말이오. 꼭 받아야 해요."

어느새 사나이의 목소리는 그때 홍대 앞에서 그랬듯이 상대를 압도하는 위엄 있는 어조로 돌아와 있었다. 미래는 사나이를 잠시 바라보았다. 사나이는 진지한 표정으로 미래의 대답만 기다리고 있었다. 미래는 사나이의 제안을 꼼꼼히 확인해야 할 것 같았다.

"그러니까 오늘 밤 선생님을 만나는 건가요?"

사나이는 말없이 고개를 끄덕였다.

"그러고는 나방을 잡는 건가요?"

"그렇소."

"나방을 잡아서는 배를 가르고 선생님이 주시는 알집을 그 나방의 배에 넣는 건가요?"

사나이는 다시 고개를 끄덕였다.

"그러고는 나방의 배를 붙이는 거구요?"

"그렇소."

"그걸로 끝인가요?"

"그렇소."

"나방이 죽지는 않을까요?"

"아마 안 죽을 거요."

사나이의 목소리에는 힘이 있었다. 어쩌면 그는 이 일에 경험이 있을지도 모른다는 생각에 미래는 고개를 끄덕였다.

"오늘 밤 어디서 뵙죠?"

"경기도 평택으로 갑시다."

"평택이요? 굳이 거기까지 가야만 할 이유라도 있나요?"

사나이는 고개를 끄덕였다. 미래는 다른 사람이라면 평택까지 같이 갈 생각은 감히 하지도 못했겠지만, 로버트 김 사무실에서 만난 사람인 데다 홍대 앞 사건 등을 고려할 때 문제가 있을 것 같은 생각은 들지 않았다.

"잠깐만 앉아 계세요. 금방 돌아올게요."

미래는 사무실 밖으로 나와 준에게 전화를 걸었다. 준은 일이 있어 같이 가지는 못하지만 그분이라면 괜찮을 거라고 하면서도 자동차 번호를 자신의 휴대폰에 입력시켜달라고 말했다. 미래는 밝은 표정으로 연구실에 들어섰다.

"좀 멀긴 하지만 도와드릴게요. 하지만 보수를 받는 건 다시 생각해주세요. 일이 간단하고 제 은인이시잖아요."

"내게는 어렵고 또 너무나 중요한 일이라니까."

"그래도 온당치 않아요."

미래가 거듭 사양하자 사나이는 잠시 생각하다 결론을 내렸다.

"그럼 이렇게 해요. 보수는 반드시 받되 이번에 한 번 실험을 하고, 또 나중에 나방을 한두 마리 더 잡아야 할 필요가 있을 때 다시 한 번 더 수고해주는 걸로."

이상한 실험

"파리에게 실험했을 때는 성공했었거든."

미래는 차창 밖에서 불어오는 바람에 긴 머리를 내맡겼다. 학과 사무실과 대학원 연구실에서만 지내다가 모처럼 고속도로를 달리니 한껏 시원했다. 미래는 사나이와 평택까지 함께 내려오는 동안 그가 아주 친밀하게 느껴졌다.

"저는 아직 선생님 성함도 모르고 있었네요. 중요한 실험을 같이하는데."

사나이 역시 미래가 편한지 말을 놓기 시작했다.

"내 이름은 김상도야. 다소 거친 이름이지 고향 친구들은 내가 경상도에 가서 살 운명이라고 놀리고들 했었어."

"고향이 어딘데요?"

"고향, 글쎄. 일본이라고 해야 하나, 아니면 황해도 황주, 그도 아니면 평양."

"네? 그럼 북한에서 오셨어요?"

사나이는 묵묵히 고개를 끄덕였다.

"어떻게 북한에서 올 수 있어요?"

미래는 자신이 해야 하는 이상한 실험과 사나이의 고향을 연결지으면서 자신도 모르게 혹시 이 사나이가 간첩은 아닌가 하는 생각이 들었다. 그러나 이내 실소를 지었다. 간첩이라면 이렇게 드러내고 자신의 고향을 밝힐 리 없을 것이었다.

"소위 얘기하는 탈북자야."

"네? 탈북자라구요? 탈북자이면서 과학자인 데다 돈까지 많으세요? 있기 어려운 조합인데요."

사나이는 미래를 바라보며 미소를 지었다.

"그럴 수도 있지."

"어떻게요? 북한에서 돈을 가지고 왔을 리는 없을 테고, 남한 정부에서 돈을 많이 주었나 보죠."

그러나 사나이는 희미하게 웃기만 했다.

"참, 그런데 그날 홍대 앞에서는 대단하셨어요. 그때 저희 너무 감동했었어요.

"가급적 정의롭게 살려고 하다 보니 어쩌다 그렇게 된 거야."

"그런데 그 옆에 있던 젊은이는 누구예요?"

"같은 탈북자야. 북한 특수부대의 요원으로 남한의 자유가 그리워 목숨을 걸고 넘어왔는데, 이 사회에 약간은 실망하고 있는 중이지."

"그래요? 어쩐지."

차는 평택의 한 미군 부대 근처에서 멈추었다. 미래는 사나이에게서 그 젊은이 얘기를 좀 더 듣고 싶었지만 일을 먼저 끝내야 했다.

"그럼 먼저 나방을 잡아야겠는데 어느 정도 크기가 좋아요?"

"글쎄, 그걸 잘 모르겠단 말이야."

"아까 파리한테는 성공했다고 하셨죠?"

"그렇지. 똥파리야. 내 생각에는 똥파리라는 놈은 당찬 데가 있는 것 같아. 소리도 우렁차고 나는 것도 힘차거든. 그런데 나방은 모르겠어."

미래는 약간 찡그리면서도 웃었다.

"그럼 똥파리 정도 힘을 가진 나방이면 된다는 얘기네요."

"그렇지. 그 정도면 딱 좋아."

"그래도 아주 큰 놈으로 잡는 게 낫겠어요."

"그건 미래가 알아서 하면 될 거야."

미래는 손에 비닐장갑을 끼고 잠자리채로 나방 한 마리를 쉽게 포획했다. 미군 부대의 담장을 비추는 가로등이 유난히 밝아 나방이 많이 몰려 있었다.

"이젠 어떻게 하지요? 배를 갈라요?"

"그래. 나방이 죽지 않게 배를 갈라야지."

사나이는 말을 하면서도 시선은 나방에서 아예 멀리 두었다.

미래는 장난기가 일어 사나이에게 나방을 내밀었다.

"이거 좀 잡아주셔야죠. 한 손으로는 잘 안 될 것 같아요."

"안 돼!"

사나이가 기겁을 했다.

미래는 재밌다는 표정을 지으며 가지고 온 스티로폼 받침대에 나방을 핀으로 고정시켰다. 포르말린 한 방울을 주사하자 나방은 이내 움직임을 멈췄다. 아무래도 너무 쉬운 일에 너무 많은 돈을 받았다는 생각을 하며 미래는 해부용 메스로 나방의 배를 갈랐다.

"이젠요?"

"자, 이걸 넣어."

"이게 알집이에요?"

사나이는 말없이 손가락을 입에 갖다 댔다. 더 이상 묻지 말라는 시늉이었다. 미래는 사나이가 내미는 팥알만 한 크기의 말랑말랑한 물체를 나방의 배에 넣었다.

"너무 쉬운데요."

"이제 다시 배를 붙여야 해."

미래는 말없이 고개를 끄덕이고는 조심스럽게 나방의 배를 녹아 없어지는 가느다란 수술실로 꿰맸다. 약간 징그럽긴 했지만 해부학 시간에 늘 하던 일이라 별 저항감 없이 일을 끝냈다. 미래는 사나이가 내내 고개를 돌리고 있는 모습이 우스웠다.

"그렇게 무서워하면서 생각은 어떻게 해냈어요? 나방의 몸속에 이런 걸 집어넣는다는 생각 말이에요."

"자꾸 묻지 말아. 얘기만 해도 징그러우니까."

"호호호. 이제 이 나방을 어떻게 하죠? 조금 있으면 깨어날 텐데요."

"날 수 있을까?"

"제 느낌으로는 날 수 있을 것 같아요. 조금만 기다리면 알게 되겠죠."

"그럼 핀을 뽑아서 저 가로등 밑에 그냥 두지. 불빛을 쫓아 올라가는지 보자고."

"저 많은 나방들 속에 섞이면 알아볼 수 없을지도 몰라요."

"두 눈 부릅뜨고 지켜야지."

미래는 잠자코 나방의 날개에 꽂힌 핀을 뽑고는 가로등 밑에 갖다 두었다.

"음료수라도 사 올까요?"

"아니야. 여기서 같이 지켜봐. 한순간도 눈을 떼지 말고 말이야."

미래는 사나이가 갑자기 진지해지자 자신도 모르게 긴장

했다.

"아아! 나방이 날아오르기 시작했어요."

두 사람의 시선 속에서 한참 동안이나 미동도 하지 않던 나방은 한 번의 비틀거림도 없이 갑자기 날개를 펴고 날아올라 가로등을 싸고도는 수많은 동료들과 합세했다.

"이제 다 됐어요?"

"그래. 하지만 조금만 더 지켜보고 갈까? 혹시 바로 떨어질지도 모르잖아."

"네. 그러죠. 비싼 실험이니까요."

미래는 내심 첫 번째 실험이 실패하기를 바랐다. 그러면 성공할 때까지 여러 번 실험을 해야 할 것이고, 그 과정에서 자신의 미안한 마음도 차츰 없어질 것이었다. 막상 실험이 성공하자 미래는 마치 남의 것을 거저 집어 오기라도 한 것처럼 마음이 편치 못했다. 게다가 돈이 많은지 어떤지는 모르지만 사나이는 자신을 탈북자라고 하지 않는가. 그러나 사나이는 돈 따위는 안중에도 없다는 듯 한참 동안 밑으로 떨어지는 나방이 있는가만 관찰했다.

"얼마나 갈까? 저 나방이."

"그렇게 가벼운 거라면 아마 자연수명이 다할 때까지 별문제 없을 거예요."

"그렇겠지?"

사나이도 그렇게 생각하고 있었는지 선선히 고개를 끄덕이
고는 기쁜 표정으로 미래에게 감사를 표했다.

"정말 고마워, 미래."

"과학적인 통계는 없지만 저 나방이 파리보다는 훨씬 힘이
셀 거예요. 따라서 생명이 다할 때까지 몸속에 있는 그 조그
만 물건 때문에 떨어지는 일도 없을 거구요. 그런데 아무래
도 이 실험에 백만 원씩 받은 건 너무 부담스러워요."

"아니야. 그만한 가치가 있다니까. 미래도 언젠가는 알게
될 거야. 이 실험이 얼마나 중요한지를."

—

두만강

  환하게 빛나던 보름달이 이윽고 검은 구름 속으로 자취를 감추자 어둠 속에서 낮게 속삭이는 목소리가 있었다.

  "됐다."

  "내가 머라든. 보름달 뜬 밤이 더 좋다 그러지 않았음메. 젊은이래 이 늙은이 말을 아니 들으면 안 되지비."

  "미안합네다."

  "자, 어서 따라오오."

  "네."

  어둠 속에서 강철민 중좌의 눈이 빛났다.

  "여보, 이제 힘내라요. 이 강만 건너가면 살 수 있어."

  "네. 제 걱정은 마시라요. 저는 아기를 업은 당신이 더 걱정이에요."

  "후후, 천하의 이 강철민에게 우리 애기 업은 게 요만큼이라도 장애가 될 것 같소?"

보름달이 잠시 구름에 가리며 만들어낸 짧은 어둠 속에서 세 사람은 재빨리 강을 건너고 있었다.

"이제 요기서 약 백 메다만 헤엄쳐 가면 안전하지비. 자, 그럼 나는 그만 돌아가오."

"아니, 좀 더 안내를 해줘야 하지 않겠습네까?"

"저기 달을 좀 보오. 이제 잠깐 후면 구름 밖으로 나올 심산인데 잘못해서 돌아가다 발각되면 당신네도 위험하단 말이오. 내가 안전해야 당신들도 산다니까."

노회한 안내원은 강철민 중좌의 불안감을 잔뜩 부추기고는 서서히 몸을 빼어 돌아갔다.

"저런!"

강철민 중좌는 입 밖으로 튀어나오는 욕을 가까스로 참았다. 이미 돌아가는 안내원을 불러 세울 수도 없거니와 어차피 그가 사선을 넘게 해주는 것도 아니었다. 천만다행인 것은 아내가 수영에는 그리 숙맥이 아니라는 사실이었다.

"여보, 이제 헤엄을 쳐야 해."

"저는 할 수 있어요."

"그래, 그럼 안심이야. 날 따라만 와요. 자, 애기야, 물이 차더라도 조금만 참아줘."

강철민 중좌의 등에 업힌 아기는 마치 무슨 일이 생기고 있는지 알기라도 하는 것처럼 고개를 끄덕였다. 이제 갓 한 살이나 되어 보이는 여자 아기는 엄마를 닮아 그런지 눈이 크고 입술이 도톰한 게 미인형이었다.

"제가 뒤에서 볼 테니까 애기는 걱정 말고 앞만 잘 보시라요."

"그래, 알았어요."

강철민 중좌는 잠시 구름을 가늠한 뒤 서서히 상체를 물에 담갔다. 시간은 오 분 정도. 그사이 강을 완전히 건너야 한다. 부부는 마치 한 쌍의 원앙처럼 조용히 강을 헤엄쳐 건너갔다.

"음, 발이 바닥에 닿는군. 이젠 걸어도 돼."

"그럼 우린 성공한 거예요?"

"아직은……. 요즘은 중국 측 감시가 아주 심하다잖아. 하여간 따라만 와요."

강철민 중좌는 어둠 속에서 눈을 번득이며 중국 측 대안을 살폈다. 다행히 인기척이 없었다.

"여기야. 이리 와요, 여보."

"네, 따라가고 있어요."

"돌에 이끼가 끼어 있어 미끄러우니까 조심하라요."

"네."

부부는 속삭이며 대안을 향해 한 걸음씩 조심스럽게 발을 옮겼다.

"아, 저런. 달이 나오고 있어. 안 돼, 조금만 더, 조금만 더 있어줘."

그러나 무심한 달은 이미 말간 몸뚱이를 밖으로 조금씩 드러내고 있었다.

"안 되겠어. 이대로 가다간 경비병의 눈에 띌 거야. 여보, 뛰어요."

강철민 중좌는 낮지만 단호한 목소리로 뒤를 향해 내뱉고는 아기를 업은 채 달리기 시작했다. 부인 역시 남편의 뒤를 따라 필사적으로 뛰었다.

"헉헉. 아아!"

"됐어, 여보. 이제 조금만 더!"

강철민 중좌는 이를 악물고 뛰어주는 아내가 고맙기만 했다.

"됐어."

강변 갈대밭에 이르러서야 강철민 중좌는 달리기를 멈추고 뒤를 돌아다보았다. 아내가 기진맥진한 얼굴로 바로 뒤에서 웃음을 짓고 있었다. 참으로 오랜만에 보는, 웃는 얼굴이었다.

"여보!"

강철민 중좌는 감격에 겨운 목소리로 부인을 불렀다.

"성공했어요. 우린 해냈다구요."

부인의 웃음 띤 얼굴에서 눈물이 주르륵 흘러내렸다.

"아직 안심하긴 일러요. 자, 이리로."

두 사람은 보름달이 비치는 갈대밭을 가로질러 평지로 올라섰다. 마른 땅을 밟으니 감격이 한층 더했다. 일주일간이나 두만강변에서 기회를 노리며 물만 보다 보니 물에 대한 공포증이 생긴 것 같았다.

"저기 숲이 있군. 여보, 우선 저리로 갑세다. 무엇보다 아기 몸을 말려줘야지."

"아아, 불쌍한 우리 아기. 제게 주시라요."

부인은 오랫동안 아빠의 등에만 매달려 있는 아기의 질려 있는 표정을 보는 순간 눈가에 눈물이 고였다.

"아니, 힘들 거야. 숲에 들어가서 안아요.

강철민 중좌는 앞장서서 걸었다. 이제 어느 정도 안심이 되자 긴장된 가운데서도 서글픔이 솟아올랐다.

'도대체 와 이렇게 된 거네?'

불과 열흘 전만 하더라도 자신은 인민무력부 최고의 영웅이자 모든 인민군이 우러러보는 공화국 최고의 특수부대 교관이었다. 지옥생존훈련을 포함한 모든 훈련에서 타의 추종을 불허하는 기록을 보여왔음은 물론 북조선 최고의 저격수로서 영웅 대우를 받으며 즐거운 나날을 살아왔던 자신이 왜 이런 비참한 처지에 빠지게 되었는지 알 수 없었다.

'나의 실수였어.'

열흘 전의 일을 떠올리자 강철민 중좌의 입에서는 자신도 모르게 탄식이 새어 나왔다.

'왜 아무 생각 없이 그런 말을 그냥 받아들였을까?'

그날 강철민 중좌는 특수전 군관교육을 가기 전, 장군의 호출을 받았다. 평소 은혜를 입어왔고 자신이 무척 따르던 허세철 상장이었다. 그는 인민군의 지략가로 꼽히는 인물이었다.

"장군님, 오랜만에 뵙습네다."

"그래, 강 중좌. 여전히 늠름하군. 강 중좌는 여우언한 우리 인민군의 전범이오."

"과찬의 말씀이십네다."

"오늘 군관교육이 있지 않소?"

"네. 그렇잖아도 교육을 가던 길이었습네다."

"그래, 그런데 오늘 교육을 가면 군관들에게 작금의 정세 변화에 대해 한마디 해줬으면 좋갔소."

"네, 여부가 있겠습네까?"

"음, 그간 우리 인민군은 변화에 대해 너무 무심했어. 전술 환경을 항상 똑같은 구도로만 봐왔단 말이야."

"……."

"오늘 군관들에게는 이런 얘기를 해주게. 중국이 더 이상 우리를 지원하지 않고 미국 편에 가담할 우려가 있다. 그런 경우에는 대미 항전을 어떻게 할 것인가를 숙제를 내주게.

군관들로 하여금 능동적인 사고를 하도록 훈련을 시키란 말이오."

"알갔습네다. 장군님."

그날 밤 교육을 마치고 집으로 돌아오자마자 강철민 중좌는 한 통의 전화를 받았다.

"자네 오늘 교육에서 무슨 짓을 했나?"

호위총국에 있는 동기생이었다.

"뭐, 별로."

"중국 어쩌고 하는 얘기는 뭐야?"

"응, 중국이 우리를 지원하지 않을 경우에 대미 항전을 어떻게 할 것인지 각자 생각해보라고 했어."

"미친놈. 내일 총정치국 3과에서 널 부를 거야. 왠지 느낌이 아주 안 좋아."

"알갔어. 설마 무슨 일 있갔니?"

강철민 중좌는 그까짓 일로 인민군의 영웅인 자신에게 무슨 일이 있겠느냐고 자위했지만 밤새 한잠 자지 못했다. 희뿌옇게 새벽이 밝아올 무렵, 강철민 중좌는 자동차 한 대가 소리 없이 미끄러지듯 다가와 네댓 명의 잠바들을 집 주위에 풀어놓고 돌아가는 것을 보았다. 그제야 그는 자신의 운명에 소리 없이 다가온 검은 그림자를 볼 수 있었다. 그는 잠자는 아내를 깨웠다.

"저는 알아요. 장성이었던 아버지도 이런 식으로 당했어요. 조사 3과에 가면 이제 우리는 영원히 보지 못해요."

아내는 직감적으로 모든 것을 알아차렸다.

"정상적으로 출근하는 것처럼 하다 돌아오갔소. 당신은 아기를 탁아소에 맡기러 가시오. 그리고 내가 갈 때까지 기다려요."

"그다음은요?"

"함경도로 갑시다. 두만강 말이오."

"중국으로 넘어가자는 얘기시죠?"

"그렇소."

평양을 떠나기 직전 허세철 장군에게 전화를 걸었던 강철민 중좌는 마지막 희망이 무너지는 느낌이었다. 이 모든 것이 자신의 과민한 신경 때문에 빚어진 오해이기를 바랐던 강철민 중좌가 허세철 장군에게서 받은 답변은 참담한 것이었다.

"도와줄 수 없네. 지금 나도 죽느냐 사느냐의 기로에 서 있어. 자넨 국내에 있으면 죽어."

"아니, 저야 그렇지만 장군님이야 아무 말씀도 하지 않았는데 누가 무엇을 알갔습네까?"

"나의 사상이 문제가 된 거야. 저들은 어제 내게 중국과 공화국을 이간질시키려 했다는 혐의를 뒤집어씌웠네. 간첩죄야."

"아, 장군님. 제발 무슨 일 없으셔야 할 텐데요."

"이미 늦었어. 나도 총정치국의 호출을 받았어. 부디 자네
만이라도 살아남게."

허세철 장군의 말이 사실인지 거짓인지는 알 수 없었다. 그
러나 어떤 경우든 자신이 국내에서는 더 이상 살 수 없다는
것만큼은 명백한 사실로 다가왔다.

강철민 중좌는 마치 악몽에서 헤어나오려는 듯 고개를 세
차게 가로저었다. 뒤에 업힌 아기가 놀란 듯 뒤척였다.

"미안, 아가야. 네가 있는 줄도 모르고……. 이 못난 아빠
를 용서하렴."

"여보, 아기를 제게 주세요."

"미안해. 당신을 평생 호강만 시키겠다고 매일 다짐하며 살
았는데……. 이런 꼴로 만들다니."

"아니에요. 너무 자책하지 마세요. 저는 당신 곁에 있는 것
만으로도 늘 행복했어요."

아내는 애써 웃어 보였다. 숲에 다다르자 부부는 우선 아기
의 옷부터 벗기고 마른 수건으로 닦은 뒤 옷을 갈아입혔다.
비닐로 꽁꽁 싸 머리에 이고 온 보따리가 더없이 고마웠다.
두 사람도 마른 옷으로 갈아입자 좀 살 것 같았다.

"우선 아기부터 뭘 좀 먹어야겠어요. 파랗게 질려 있는 걸
보세요."

아내가 보따리에서 막 강냉이 가루를 꺼낼 때였다. 강철민 중좌는 재빠르게 손을 뻗어 아내를 제지했다.

"쉿."

그러나 이미 때는 늦었다. 몇 사람의 군인이 어둠 속에서 총구를 두 사람에게 향하고 있었다. 강철민 중좌는 본능적으로 몸을 움직이려 하다 아내와 아기가 눈길에 들어오는 순간, 이내 포기한 듯 손을 들고 말았다.

국경수비대

"차렷!"

사람의 동작이 그렇게 빠를 수는 없는 일이었다. 비록 알아들을 수 없는 중국말이었지만 철창 안에 있던 사람들은 용수철같이 튀어올랐다. 사정은 건너편 철창 안의 여자들도 마찬가지였다.

강철민 중좌는 건너편 철창의 아내가 몸속 깊은 곳까지 군기가 든 훈련병처럼 벌떡 일어나는 광경을 보는 순간, 피가 끓어올랐다.

에취!

누군가가 재채기를 참지 못하자 어린 중국 병사의 호령이 잇따랐다.

"너 나와!"

"아아!"

육십이 가까워 보이는 노인이었다.

"용서해주십시오. 저도 모르게 재채기가……."

그러나 노인의 말은 더 이상 이어지지 못했다. 젊은 병사 몇이 다짜고짜 철창을 열고 달려들어 사정없이 몽둥이를 날리자 허약하기 짝이 없는 노인의 몸은 단말마의 비명과 함께 바닥에 나뒹굴었다.

"아악!"

"이 새끼가 어디서 엄살이야!"

이제 열아홉이나 되었을까 싶은 어린 병사의 군화가 노인의 입을 걷어찼다. 금방 붉은 피와 함께 이빨이 바닥에 떨어졌다.

"으윽!"

노인은 필사적으로 소리를 내지 않으려고 했지만 본능적으로 터져 나오는 비명을 어찌할 순 없었다.

"어쭈! 이 조선놈이 아직 맛을 못 본 모양이지."

어린 중국 병사가 곡괭이 자루를 들어 노인의 정강이를 내리쳤다.

"으아아악!"

"죽어라! 이 개새끼야."

병사는 어디건 가리지 않고 닥치는 대로 후려 패기 시작했다. 나이가 비슷해 보이는 몇몇 병사들은 이를 드러내고 키득거렸다. 강철민 중좌의 꽉 쥔 주먹이 부들부들 떨렸다. 그러나 그는 이를 악물고 참아내고 있었다.

"이 새끼야! 그래도 너희 조선놈들보단 우리가 백배 낫다. 이제 내일 너희 조선 군바리놈들 오면 너희는 모두 코뚜레 꿰게 돼. 개새끼들아. 살 타는 냄새 한번 맡아봐. 고개 돌리면 그냥 맞아 죽어. 이 개돼지보다 못한 새끼들아."

쓰러져 있는 노인의 몸이 한동안 가늘게 떨리더니 이윽고 움직임을 멈추었다. 눈앞에서 벌어지는 도살 장면을 보면서도 어느 누구도 기척 한 번 하지 않았다. 아니, 사람들은 오히려 차려 자세를 유지하기 위해 안간힘을 쓰며 버티는 중이었다.

"너희 중에 다시 한 번 넘어와서 걸리는 새끼 있으면 그때는 돌로 쳐 죽일 거야. 알았어!"

"넷!"

너나 할 것 없이 죽을힘을 다해 소리를 내질렀다. 사나흘씩 굶어 소리 지를 힘도 없는 사람들이었지만 죽지 않기 위해 지르는 소리라 건장한 청년들의 고함보다 더 우렁찼다.

"앉아!"

남자들이 모두 신속하게 자리에 앉자 병사들은 이십여 명의 여자들이 갇힌 철창으로 몸을 돌렸다.

"옷 벗어!"

순간 우당탕탕 소리가 나며 여자들은 모두 옷을 벗었다. 속옷이고 뭐고 가릴 겨를도 없이 완전히 벌거벗은 여자들의 얼굴에 수치심이라고는 눈곱만큼도 찾아볼 수 없었다.

"체조 준비! 야, 네가 앞에 나와 동작 시범 보여. 새로 온 년들이 있으니까."

"넷!"

한 젊은 여자가 대답과 함께 앞으로 뛰어나왔다.

"체조 시작!"

그러자 모두들 앞에 나온 여자를 따라 체조를 시작했다. 중국 병사들은 여자들의 기괴한 동작을 보며 키득거렸다.

"그만! 동작 불량한 것들이 있어. 이년들이 여기가 어딘 줄 알고 어영부영해!"

젊은 병사는 손가락으로 몇 사람의 여자를 지목했다. 모두 젊은 처녀들이었다.

"너희 다섯 이리 나와!"

그러자 좀 더 나이 어린 병사 하나가 철창을 열며 다시 한 번 고함을 질렀다. 놀란 여자들은 정확히 누구를 지목하는지 몰라 엉거주춤 머뭇거렸다.

"이년들이!"

철창을 연 어린 병사가 들고 있던 몽둥이로 한 처녀의 안면을 사정없이 내리쳤다.

"아악!"

처녀는 자신도 모르게 터져 나오는 비명을 참느라 안간힘을 썼다. 나머지 처녀들이 비호보다 빠른 동작으로 뛰어나와 어린 병사 앞에 차려 자세로 섰다.

"철창 밖으로 나와!"

발가벗은 여자들이 철창 밖으로 나오자 병사들은 몽둥이로 유방을 찔렀다 다시 음부를 찔렀다 하면서 키득거렸다.

"너희 조선놈들에게는 만족하지 못해서 이리 넘어왔냐? 이 년들아!"

"넷."

처녀들은 차려 자세를 한 채 악을 써가며 대답했다.

"만족 못 했다구? 그럼 만족시켜주지. 야! 준비해."

젊은 병사 하나가 한 켠에 있던 기다란 나무 의자를 가지고 왔다.

"너 여기 엎드려!"

지목당한 젊은 여자는 한 치 망설임도 없이 의자에 엎드렸다.

"궁둥이 들어!"

여자가 궁둥이를 들자 젊은 병사는 허리에 차고 있던 기구를 뽑았다. 전기 충격기였다.

"아악!"

병사가 궁둥이 밑으로 전기 충격기를 집어넣자 여자의 입에서 단말마의 비명이 터져 나왔다.

"이년이 어디서 비명이야! 입 안 다물어?"

"흐흐흐흐."

이후 여자의 입에서는 비명인지 울음인지 웃음인지 알 수도 없는 소리만 흘러나왔다. 네 명의 여자는 수십 명의 남녀가 지켜보는 가운데 모두 똑같은 꼴을 당하고서야 철창 안으로 돌아갈 수 있었다.

"어! 이것 봐라."

젊은 병사 하나가 철창 안에 갇혀 있는 여자들을 보다 놀란 듯 철창 앞으로 다가갔다.

"요년 좀 보게. 때깔이 이렇게 날 수가."

젊은 병사들이 왁자지껄 소리를 지르면서 철창 앞으로 다가섰다.

"너 나와!"

강철민 중좌는 뿌드득 소리가 날 정도로 이를 악물었다. 드디어 올 것이 오고야 만 것이었다. 이제껏 눈을 꼭 감고 이 지옥보다 더한 광경을 견뎌냈던 것은 오로지 아내 때문이었다. 그러나 이제는 어쩔 수가 없었다. 오로지 죽는 일뿐이었다.

"어! 이년이."

아내는 미동도 하지 않고 서 있었다. 어린 병사가 닫힌 철창을 다시 열었다.

"빨리 나와!"

그러나 아내는 역시 꼼짝하지 않았다.

"어! 이년이!"

젊은 병사는 후닥닥 아내에게 뛰어들었다.

"멈춰!"

강철민 중좌는 앞으로 나섰다.

"죽여버릴 거야! 이 짐승만도 못한 놈들. 너희가 이러고도 인간이냐? 이 개새끼들아!"

순간 실내는 완전히 얼어붙었다. 수십 명의 남녀가 있었지만 숨소리조차 내는 사람이 없었다. 단지 중국 병사들만 입에 잔인한 웃음을 흘렸다.

"호, 네가 남편인 모양이군. 남편이라."

어린 병사가 철창을 열려고 하자 젊은 병사가 손을 들어 제지했다.

"놔둬. 저놈을 죽이는 방법은 따로 있으니까."

그는 아내를 보며 징그러운 웃음을 흘렸다.

"저년을 내무반으로 끌고 가!"

"안 돼!"

강철민 중좌는 철창을 붙들고 거세게 흔들었다.

"안 돼! 안 돼! 그것만은 안 돼! 이놈들아!"

"자식, 뭐라 그러는 거야."

중국 병사들은 아내를 끌어내려 했다. 그러나 아내는 조금도 자세를 흐트러뜨리지 않고 걸어 나왔다. 중국 병사들은 보통 여자들과는 전혀 다른 아내의 태도에 놀라 제지하지 않았다. 이윽고 아내가 강철민 중좌 앞에 섰다.

"여보, 아기를, 아기를 부탁해요."

두 사람의 눈에선 눈물이 주르르 흘러내렸다.

"여보, 저들에게 빌지 말아요. 비는 것이 차라리 당하는 것보다 더 부끄러운 거잖아요. 부디 살아서 아기를, 아기를 키워줘요."

아내는 마지막 말을 남기고 바로 뒤돌아서 문 쪽으로 걸어갔다. 중국 병사들 역시 아내를 둘러싸고 밖으로 나가버렸다. 강철민 중좌의 눈에서 흐르던 눈물이 어느새 멈췄다. 그의 눈에서는 눈물 대신 형언할 수 없는 분노의 안광이 뻗쳐나왔다.

딱.

어금니가 부러져 나가는 소리였다. 몇 시간이나 그 자세 그대로 철창에 붙어 있던 그는 갑자기 그 자리에 그대로 쓰러졌다.

탈출

강철민의 아내는 자살했다. 내무반으로 끌려가 중국 병사들에게 당하기 직전, 아내는 혀를 깨물고 자살한 것이었다. 그 소식을 듣고도 강철민 중좌는 울지 않았다. 그는 억지로 울음을 참아냈다. 다음 날 아침 탈북자들을 인수하러 온 북조선 군인들은 몇 사람을 선별했다. 재범들이었다. 시뻘겋게 달궈진 철사가 그들의 코를 꿰뚫으려는 순간, 군관이 제지했다.

"흠, 이번에는 마음씨 좋은 놈이 온 거야? 아니면 물렁물렁한 놈이 온 거야?"

중국 병사들이 놀려대는 가운데 군관은 탈북자들을 트럭에 태우고 출발했다. 강철민 중좌는 아기를 안은 채 사람들과 같이 트럭에 실렸다. 병사들이 포승줄로 강철민을 묶으려는 순간, 예의 그 군관이 다시 병사들을 제지했다.

"아기를 데리고 있잖나!"

트럭이 국경수비대를 빠져나가 한적한 길로 들어섰을 때,

군관은 차를 세우고 숲으로 들어가 소변을 봤다. 그리고 잠시 후 차가 다시 출발했을 때 강철민 중좌가 더 이상 그 차에 타고 있지 않았음은 물론이었다.

'최철희 상위, 고맙다. 정말 고맙다.'

군관은 언젠가 아주 오래전 특수전 훈련에서 낙오돼 인민군에서 강제 전역당할 위기에 처했을 때 당시 교관이던 강철민 중좌가 은밀히 돌봐줘 훈련필증을 교부해준 적이 있던 사람이었다. 인솔 군관으로 온 그를 만났을 때 강철민 중좌는 아무 말도 하지 않았다. 물론 그도 아무 말이 없었지만 두 사람 사이에는 은밀한 교감이 흘렀다. 강철민 중좌는 혹시나 하는 마음에 최 상위가 들어갔던 숲으로 가보았다.

"아!"

비상식량과 물이 있었다. 무엇보다 강철민 중좌에게 희열을 안겨준 것은 한 자루의 칼이었다. 시퍼렇게 날이 선 삼십 센티미터가량의 대검을 보는 순간 강철민 중좌는 진정 최철희 상위에게 감사했다.

"아가, 이제 엄마의 복수를 할 수 있게 됐구나."

강철민 중좌는 숲 안쪽으로 좀 더 깊숙이 들어갔다. 그는 아기를 옆에 내려놓고 열심히 땅을 파기 시작했다. 능숙한 솜씨로 순식간에 오십 센티미터 깊이의 땅을 판 그는 주변의 나뭇잎을 끌어모았다. 푹신하고 아늑한 잠자리를 만든 그는 비상식량을 물에 풀어 갰다. 늘 아내가 하던 일임을 떠올리자 자꾸 눈물이 나려 해 강철민 중좌는 몇 번이나 손을 멈추고 하늘을 봐야만 했다.

"아가, 착하지. 이거 먹어."

엄마를 찾으며 칭얼거리는 아기에게 죽을 떠먹이고 달래면서 시간을 보내던 강철민 중좌는 해가 질 무렵 아기를 나뭇잎으로 만든 잠자리에 누이고 옷을 벗어 덮어주었다. 엄마를 찾으며 칭얼거리는 아기를 한 시간 이상이나 걸려 재운 강철민 중좌는 이윽고 자리에서 일어났다.

"아가야, 제발 깨지 말고 있어주렴. 이 일은 반드시 해야 한단다."

강철민 중좌는 몇 번이나 주변을 살핀 후 칼을 바지 속에 차고 숲을 나왔다. 어둠 속을 걸어 수비대에 도착한 강철민 중좌는 비호같은 동작으로 담을 넘었다. 담 위에 철조망이 쳐져 있었지만 특수전 영웅 강철민 중좌에게는 얘깃거리도 되지 않았다. 어둠 속에서 지형지물을 익힌 강철민 중좌는 지프가 서 있는 곳으로 천천히 기어갔다. 부대의 생리에 익숙한 그는 장교가 부대 밖으로 나갈 시간이라 판단하고 지프에서 기다리기로 한 것이었다. 지프 밑으로 기어 들어가 한참 엎드려 있던 그는 마침내 지프로 다가오는 두 사람의 발소리를 들었다. 예상대로 운전병과 장교였다. 그는 두 사람이 문을 열고 타려는 순간 뒤를 기어 지프를 빠져나왔다. 주변을 둘러보며 이쪽으로 시선을 던지고 있는 사람이 아무도 없다는 것을 확인한 그는 먼저 운전석 옆으로 성큼 다가섰다. 운전병이 키를 넣고 시동을 걸려는 순간 강철민 중좌는 문을 홱 잡아당겼다. 그러고는 운전병이 상대가 누구인가를 확인할 겨를도 주지 않고 대검을 운전병의 옆구리 깊숙이 박아넣었다. 장교 역시 마찬가지였다. 도대체 무슨 일이 일어났는지 파악도 하지 못한 상태에서 장교는 심장 깊숙이 파고 들어오는 칼을 받고는 그 자리에서 절명하고 말았다. 아직 숨이 붙어 있는 운전병의 옷을 벗기고 가슴에 칼을 한 번 더 댄 다음 강철민 중좌는 군더더기 하나 없는 신속한 동작으로 두 사람을 끌어내 지프 밑에 숨겼다. 지프 옆에서 몸을 낮추고 주변을 세심히 살펴면서 이쪽을 보는 사람이 아무도 없는 것을 확인한 강철민 중좌는 천천히 운전병의 옷으로 갈아입었다.

까아, 까아.

밤까마귀만이 무슨 일이 일어나고 있는지 안다는 듯 울음을 토해내며 부대 바깥으로 날아가버렸다.

어둠 속에서 눈을 빛내던 강철민 중좌는 누군가 비틀거리며 손을 바지춤에 대고 걷는 걸 보자 직감적으로 미리 보아둔 화장실로 민첩하게 몸을 움직였다. 그는 인기척이라고는 없는 화장실 맨 마지막 칸에 들어가 기다렸다.

─찰나를 영원처럼 기다려라.

특수전 때 훈련병들에게 귀에 못이 박이도록 해온 말이었다. 화장실 안에서 강철민 중좌는 운전병의 주머니를 더듬었다. 마침 펜과 수첩이 있었다. 그는 수첩 한 장을 찢어 펜으로 '시체'라고 쓰려 했다. 그러나 '시'자를 쓰기 힘들었다. 그는 대신 '사체'라고 한자로 썼다. 기다리는 동안 그는 사체 옆에 '여자'라는 말을 덧붙였다.

"어, 취한다."

글자를 완성하자마자 인기척이 났다. 예의 그 비틀거리던 병사였다. 강철민 중좌는 손바닥을 활짝 펴 귀에 대고는 연병장의 동정에 귀를 기울였다. 아무 기척이 없었다. 최소한 이십 초가량은 달려 들어올 사람이 없다는 얘기였다. 소변기에 서서 오줌을 누던 술 취한 병사는 목에 날 선 대검의 싸늘한 감촉이 느껴지자 대경실색했다. 강철민 중좌는 목뒤에서 손을 뻗어 병사의 눈앞에 종이를 갖다 댔다. 무슨 말인지 몰라 어리둥절해하던 병사는 강철민 중좌의 손짓을 보고서야 이해한 모양이었다. 강철민 중좌가 그를 창이 있는 쪽으로 데려가자 그는 손가락으로 부대 담장 부근을 가리켰다. 강철민 중좌의 핏발이 곤두선 눈동자에 무언가를 둘둘 말아둔 거적이 잡혔다.

"여보!"

허리가 끊어지는 듯한 분노를 억지로 누르려 강철민 중좌는 턱이 떨어져 나가도록 입을 악다물었다. 혼신의 힘을 다해 감정을 눌러낸 다음 순간 강철민 중좌는 놀랍도록 차가워져 있었다. 강철민 중좌는 병사를 자신이 숨어 있던 칸으로 밀어 넣고는 공포에 뒤덮인 채 덜덜 떠는 병사의 심장 바로 아래 늑골에 정확히 칼을 썼다. 밑에서 위로 정확히 칠십 도 각도를 유지하며 묵직하게 올라간 칼을 받은 병사는 비명도 없이 한 방에 숨을 거두고 말았다. 강철민 중좌는 병사를 머리부터 변기 밑으로 쑤셔 넣었다. 몸을 완전히 밑바닥까지 밀어 넣은 후 강철민 중좌는 화장실에서 나와 자신과 아내가 갇혀 있던 감방으로 다가갔다. 탈북자들을 다 넘긴 감방은 텅 비어 있었고 머리를 박박 깎은 한 명의 병사만이 졸고 있었다. 어둠 속에서 눈을 빛내며 기다리던 그는 예상대로 근무 교대가 이루어지자 박박이의 뒤를 밟았다. 박박이가 들어간 막사를 바라보는 강철민 중좌의 눈이 이글이글 타올랐다. 바로 그놈들이 있는 내무반이라는 생각이 잠시 강철민 중좌의 차가운 계산을 방해했다. 아내가 혀를 뿌리부터 깨물고 고통스럽게 죽어가는 그림이 뇌리에 떠오르자 강철민 중좌는 연상을 멈추려 억지로 눈을 부릅떴다. 하지만 소용없는 일이었다.

'여보, 저들에게 빌지 말아요. 비는 것이 차라리 당하는 것

보다 더 부끄러운 거잖아요. 부디 살아서 아기를, 아기를 키워줘요.'

아내의 마지막 절규가 머리에 떠올랐다. 강철민 중좌는 억지로 마주하고 있는 현실의 물상들을 눈에 담아댔지만 전율을 멈추지 못하자 몸을 일으켜 지프로 걸어갔다. 아까 봐두었던 쇠갈고리를 집어 든 그는 몇 번이나 심호흡을 하며 간신히 마음을 가라앉히고는 다시 내무반 앞의 어둠으로 돌아왔다.

교대병이 잠들 시간을 충분히 기다린 강철민 중좌는 이윽고 내무반의 문을 열었다. 그러고는 문 옆의 벽에 그림자처럼 기대서서 자고 있는 병사들의 수를 세었다. 모두 열여섯 명이었다. 그는 다시 깊이 곯아떨어진 병사들과 비교적 얌전하게 자고 있는 병사들을 분류한 후 내무반의 장비 일체를 꼼꼼하게 살폈다. 총가에 꽂힌 총들이 모두 탄창이 제거된 빈총임을 확인하고는 내무반 한편에 놓여 있던 탈북자를 묶기 위한 포승을 집어 들었다. 그는 어둠 속에서 눈을 번득이며 깊이 잠들지 않은 병사들의 발부터 하나씩 묶었다. 발을 묶으면서도 그는 상대가 깨는 기척이 있는지 섬세하게 살폈다. 여섯 번째 병사의 발을 묶으려 할 때 뒤척이는 기색이 느껴지자 그는 비호같은 동작으로 입을 막음과 동시에 심장에 단순하고 정확하게 칼을 넣었다.

"끙."

병사는 잠꼬대인지 뭔지 모를 소리를 강철민 중좌의 손바닥에 내뱉고 그대로 절명해버렸다. 그렇게 모든 병사들의 발을 다 묶은 강철민 중좌는 다시 문 옆의 벽에 몸을 기대고 섰다. 전날 밤 철창에 왔던 병사 다섯 명의 얼굴을 완벽하게 찾아낸 강철민 중좌의 입가에 귀기 서린 만족의 웃음이 흘렀다. 그는 벽에 걸려 있는 수건을 왼손에 힘 있게 말고 출입문에서 우측으로 가장 가까운 자리에 있는 병사에게 다가가 수건으로 입을 막음과 동시에 늑골에서 심장을 향해 정확하게 칼을 넣었다. 칼끝에 뭉클 하는 촉감이 느껴지고 예상치 못했던 싸늘한 금속에 의해 상대방의 심장이 불규칙한 박동을 시작하고 마칠 때까지 그는 부동의 자세로 칼을 빼지 않았다. 수건으로 입과 코를 워낙 세게 눌렀기 때문에 다른 병사를 깨울 만한 어떠한 소리도 나지 않았다. 강철민 중좌는 십여 년 전 사형수들을 상대로 칼 쓰는 법을 연습하던 장면을 떠올렸다. 그때는 어떻게 하면 사람을 일격에 죽이는가, 어떻게 하면 소리 없이 죽이는가, 자는 사람을 소리 없이 죽일 땐 어떻게 하는가를 연구하느라 온 신경을 집중했기 때문에 상대에 대한 감정을 느끼거나 하지는 않았다. 그때는 상대방이 짚단이나 고무 같은 느낌밖에 없었지만 지금은 아니었다.

한 병사를 해치운 강철민 중좌는 다시 제자리로 돌아왔다. 한동안 조용히 서서 병사들의 자는 모습을 지켜보던 강철민 중좌는 이번에는 왼쪽 침상으로 몸을 돌려 문에서 가장 가까운 자리에 있는 병사를 같은 수법으로 해치웠다. 한 사람 한 사람의 심장에 칼을 넣는 그의 표정은 마치 공장에서 매일 손에 익은 작업을 해내는 노동자의 표정과 다를 바 없었다.

강철민 중좌는 마치 살인을 위해 태어난 기술자 같았다. 게다가 한 번에 옆자리의 두 사람을 처치하는 경우가 없었다. 하나를 해치우면 반드시 제자리로 돌아와 다시 한 번 잠자는 병사들의 상태를 살피는 모습은 마치 기계가 작업하는 것 같았다. 철창의 다섯 놈을 마지막으로 남긴 강철민은 포승으로 그들의 팔 하나를 몸에 단단히 결박한 다음 불을 켜고는 그들을 깨웠다.

다섯 명의 병사들은 눈을 뜸과 동시에 내무반에 진동하는 피비린내에 진저리를 쳤다. 삽시간에 공포로 뒤덮인 병사들은 눈앞에 날카로운 쇠갈고리가 놓여 있는 걸 보았다. 그리고 자신들의 앞에 마귀와 같은 얼굴로 서 있는 사람이 어젯밤의 그 죄수임을 확인하자 꿈틀대며 몸을 움직이려 하였으나 그들이 움직일 수 있는 건 팔 하나뿐이었다.

제각기 팔 하나씩 풀려 있고 쇠갈고리가 눈앞에 있는 이유를 짐작해낸 병사들의 눈에 핏발이 곤두섰다. 강철민 중좌는 갈고리를 들어 그중 하나의 눈을 찍었다.

"으악!"

피가 튀면서 갈고리의 끝에 여러 가닥의 핏줄 등과 함께 파여져 나온 병사의 눈알이 걸려 있었다. 강철민 중좌는 눈알이 파여 나간 채 흉악한 몰골로 덜덜 떠는 병사에게 갈고리를 들도록 하고는 눈짓으로 다른 병사를 가리켰다.

"쳐!"

죽음의 공포에 직면한 병사는 강철민 중좌의 지시대로 다른 병사의 눈알을 찍었다.

"악!"

날카로운 갈고리는 여측없이 공포에 젖은 병사의 눈알을 파냈고 철민이 갈고리를 쥐여주며 또다시 다른 병사를 가리키자 갈고리질이 이어졌다. 그렇게 순서가 다 끝나자 강철민 중좌는 갈고리를 집어 들었다.

"네 갈고리에는 눈알이 안 묻어 나왔어."

말을 마침과 동시에 강철민 중좌는 갈고리를 들어 지목된 병사의 국부를 전력을 다해 내리쳤다.

"으아악!"

귀를 찢는 비명을 지르며 허공을 향해 한 손을 뻗은 채 버둥거리는 병사의 손에 다시 갈고리가 들려졌다.

"네 차례야."

"으아아아!"

갈고리를 내던진 채 비명을 지르며 강철민 중좌에게 손을
비비며 비는 병사의 등짝에 갈고리가 꽂혔다.

"아아아악!"

"다른 길은 없다. 옆놈을 찍는 것 외에는."

"아아, 차라리 죽여줘!"

그러나 강철민 중좌는 마치 기계처럼 갈고리로 병사의 신
체 각 부위를 하나하나 찍어나갔다.

"으악! 할게요! 할게요.!"

강철민 중좌가 갈고리를 쥐여주자 병사는 미친 듯이 흉포
하게 다른 병사의 국부를 내리찍었다.

"으악!"

비명이 이어지고 강철민 중좌의 지시에 따라 갈고리질도
계속 이어져 다섯 명 병사 모두의 눈, 코, 귀, 입과 국부가 다
떨어져 나가고 양 무릎이 깨져 나간 다음에야 갈고리질은 멈
췄다.

"너희는 살아라."

한 마디를 남긴 강철민 중좌는 밖으로 나와 지프 쪽으로 걸
어갔다. 열여섯 명의 병사를 순식간에 해치운 사람이라고는
도저히 생각할 수 없는 정연한 걸음걸이었다. 거적에 싸인
아내의 시체를 지프에 실은 그는 지프의 꽁무니에 매달려 있
는 이십 리터짜리 기름통을 떼어냈다. 그는 시체 하나에 휘발

유를 뿌리고 남는 건 침상과 바닥에 골고루 뿌렸다. 한 병사의 주머니에서 성냥을 찾아낸 그는 이미 모든 신체를 상실한 채 간신히 숨만 붙어 있는 다섯 병사를 밖으로 꺼내고는 성냥을 그어 던졌다. 화악 하고 번지는 불길을 뒤로하고 강철민 중좌는 지프를 몰았다. 초병이 황급히 뛰어나와 붙이는 경례를 받으며 그는 정문을 통과해 숲을 향하여 달려갔다. 지프를 숲에 세운 강철민 중좌는 아내의 시체를 들쳐 업고 아기를 재워둔 곳까지 갔다.

"오오! 깨지 않고 있었구나."

강철민 중좌는 아직도 쌔근쌔근 잠들어 있는 아기를 보며 눈물이 나오려는 걸 참았다. 그는 아내의 시체를 정성껏 수습해서 낮에 파둔 구덩이에 묻었다. 급히 흙을 덮고 난 그는 눈물을 닦으며 아기를 팔에 안았다.

"여보, 당신 곁에 가고 싶지만 우리의 아기를 살리기 위해 지금 떠나야겠소. 당신의 복수를 해낸 이상 이제 여한은 없소. 만약의 경우라면 아기를 먼저 보내고 나도 따라 당신 곁으로 가겠소. 아, 마음이 이렇게도 편할 수 없소. 여보, 언젠가 반드시 돌아와 당신을 제대로 모시겠소. 그럼 안녕. 아가도 당신에게 인사하고 있을 거요. 꿈속에서라도 말이오."

아내에게 묵념을 마친 그는 숲을 빠져나와 지프를 타고 어둠을 가로질러 어딘가로 달려갔다.

—

드러난 단서

장 검사가 동기인 오 검사의 입을 통해 확인하고자 했던 국정원 도청 사건의 배후는 신기하게도 이정서가 원고에서 언급한 것과 비슷했다. 도대체 이정서라는 자는 누구이기에 이토록 이 사회의 배면을 그리도 잘 알고 있을까. 그리고 그는 왜 죽었을까. 장 검사가 한참 이런 생각에 젖어 있을 때였다.

"검사님, 위안 검사입니다."

"어서 이리 돌려요."

장 검사는 기대감에 들떠 수화기를 들었다. 이제 이정서는 단순한 살인 사건의 피해자가 아니었다. 그는 장 검사에게 말할 수 없는 신비감을 가진 인물로 조용히 다가와 있었다.

"장 검사, 유력한 용의자가 포착되었소."

"대단한 성과군요."

장 검사는 위안 검사의 수사력이 대단하다는 생각이 들었다. 이런 사건은 용의자를 포착하기가 꽤 어려울 것으로 생각하고 있던 참이었다.

"장 검사, 워싱턴에서 여기 베이징까지 피살자와 같은 비행기로 왔다 같은 호텔에 투숙했던 미국인 둘이 있었소. 이들은 사건이 일어나자 곧바로 미국으로 출국해버렸소."

"호, 그래요. 용케 찾아냈군요."

"그리고 한국에서 온 또 한 사람의 미국인이 있었소. 이 사람 역시 같은 호텔에 묵었다 한국으로 돌아갔소. 사건 직전에 말이오. 그러니까 워싱턴에서 온 두 놈은 사건이 터진 다음 출국했고, 이자는 사건 전에 출국했단 말이오."

"그들은 서로 아는 자들인가요?"

"그렇소. 그들 셋이 호텔 커피숍에 같이 앉아 있는 장면이 폐쇄회로 카메라에 찍혔으니까."

"그 셋을 용의자로 보는 이유는 뭡니까?"

"세 놈이 사건 직전과 직후에 출국했소. 모두 사건을 중심으로 뭉쳤다 헤어진 거요."

장 검사는 적잖이 실망했다. 그 정도로는 확실한 용의자라 하기 어려웠다. 비록 심증이 간다 하더라도 신문을 할 수 있는 최소한의 증거가 없었다. 같은 비행기로 와서 같은 호텔에 방을 잡는 여행객들은 얼마든지 있을 수 있는 법이었다.

"어딘가 좀 약한데요."

그러나 위안 검사는 자신 있는 목소리로 말했다.

"한국에서 온 친구는 분명 심상치 않은 자요. 로저 스파이베이라는 이름을 가진 자인데, 비록 피살자가 살아 있을 때 출국하기는 했어도 크게 의심할 부분이 있소."

"뭐죠?"

"그가 사용한 돈이오. 고급 식당에서 호화 만찬을 즐기고 비용을 현금으로 계산했는데, 다행이 돈이 신권이었소."

"조회가 가능했나요?"

"그렇소. 한꺼번에 워낙 많이 찾았더군요. 그것도 한국에서."

"한국에서요?"

"서울의 씨티은행이오."

"서울의 씨티은행이라……. 얼마나 찾았는데요?"

"자그마치 이백삼십만 달러요."

"그런 거액을……. 어딘지 범죄의 냄새가 나는군요."

"그렇소."

"용케도 그가 식사한 음식점을 찾아냈군요. 다른 특기할 만한 점은 없나요?"

"없소. 그게 전부요."

"총을 구입한 경로라든지 하는 것은 드러난 게 없어요?"

"수사를 계속하고 있지만 가능성은 없소."

"하여튼 수고 많이 했어요. 신권 번호를 주시오."

"아예 내가 조사한 은행 관계를 팩스로 넣어드리지."

"좋아요."

"팩스만 받으면 바로 신원이 튀어나와 수사하기도 좋을 거요. 한국인도 있으니까."

"무슨 말이지요?"

"그 신권은 은행에 보관해둔 돈을 찾은 건데, 명의자가 둘이란 말이오. 하나는 로저 스파이베이, 또 하나는 박-두-칠."

장 검사는 얼른 이름들을 받아 적었다.

"신권과 관련해 은행에 남아 있는 영수증을 팩스로 받았소. 자식들, 꽤나 툴툴거리더군. 살인 사건과 관련되어 있다고 설명해도 막무가내야. 예금자보호법 어쩌고 하면서 시간을 꽤 끌더군."

"어서 그 텔레팩스를 보내줘요."

"그러려고 전화했소."

"참, 그 폐쇄회로 테이프도."

"알았다니까요."

위안 검사는 장 검사가 칭찬에는 인색한 반면 결정적 증거는 어서 보내라고 채근하자 약간 섭섭한 모양이었다.

전화를 끊으면서 장 검사는 긴장했다. 안갯속을 헤매는 듯한 사건에 뭔가 뚜렷한 한 방이 터지는 듯한 느낌이었다. 그는 팩스머신으로 시선을 보냈다. 팩스는 이내 들어왔다.

영수증

일금: 230만 달러

귀행에 보관 중인 상기 금액을 정히 영수합니다.

2004. 6. 11

영수인: 박두칠, 로저 스파이베이

팩스로 들어온 영수증을 바라보는 장 검사의 눈빛은 박두칠이란 이름에 한참이나 멎어 있었다.

"최 계장."

"네, 검사님."

"씨티은행에 가서 이 거래에 대해 좀 알아봐요."

"알겠습니다."

얼마 후 직원은 박두칠의 주민등록번호를 가지고 돌아왔다.

"평소 그 은행에 거래를 하거나 계좌를 갖고 있던 사람이 아니어서 은행에서는 이 사람에 대해 아무것도 모르더군요. 그 돈을 보관한 게 첫 거래였습니다."

"뭐 하는 사람인지도 모르고?"

"네."

"스파이베이는?"

"마찬가지였습니다."

"이상하군. 그런 거액을 낯선 은행에 맡긴다?"

"이상한 점이 또 하나 있습니다."

장 검사의 궁금증을 잔뜩 머금은 눈길이 직원의 얼굴에 꽂혔다.

"그 돈은 이십사 년 전에 맡긴 것이었습니다. 달러로 말입니다."

"뭐라구?"

"이십사 년 전에 맡긴 돈이었습니다. 틀림없습니다."

"그럴 리가 있나?"

장 검사는 고개를 가로저었다. 도저히 납득이 가지 않는 소리였다. 이십사 년 전에 그런 큰돈을 맡겨두고 그동안 꼼짝도 않고 있었다는 사실을 어떻게 받아들여야 할지 몰랐다. 하지만 믿을 수밖에 없었다. 직원이 은행에 직접 가서 확인하고 온 사실을 부정할 수는 없는 일이었다.

"음."

장 검사의 뇌리에 이전보다 더욱 강한 궁금증이 끓어올랐다. 예금이라면 그냥 둘 수도 있겠지만 이자도 없는 돈을 그렇게 오랫동안 보관만 시킨다는 것은 이해할 수 없는 일이었다.

"내일까지 이 사람 인적 사항 확인해 알려줘요. 좀 자세히."

장 검사는 주민등록번호를 직원에게 되돌려주었다.

직원은 다음 날 오후 늦게야 인적 사항을 알아왔다.

"박두칠. 나이는 55세. 부인과 딸이 하나 있습니다. 부인은 무직, 딸은 대학생입니다. 현재 한전에 납품하는 사업을 하고 있습니다. 사업하기 전에는 공무원이었습니다."

"공무원? 무슨 공무원이오?"

"직원들 얘기에 의하면 중앙정보부에 근무했었다고 합니다."

"중정이라……. 사업은 잘돼요?"

"회사는 그런대로 돌아가는 것 같습니다만, 공장에서는 노조가 농성을 하고 있었습니다.

"왜?"

"사장이 회사 자금을 빼돌렸다고 하더군요. 고소까지 했던데요."

"그래? 어디에?"

장 검사의 귀가 확 틔었다.

"우리 지검에 직접 했더군요. 사건과에 가서 알아보니 형사 4부에 배당할 예정이라고 했습니다."

"알았어. 수고했어요."

장 검사는 이 무슨 기분 좋은 우연인가 싶어 가벼운 손길로 사건 과장에게 인터폰을 넣었다.

이십사년 만의 횡령

장 검사는 일단 박두칠을 불러 횡령 건으로 즉각 구속시켜 버렸다. 그리고 며칠 후 검찰청으로 불렀을 때 박두칠은 구치소 생활에 전혀 적응을 못 하는지 몹시 수척한 모습으로 나타났다. 장 검사가 담배를 한 대 권하자 꽁초가 될 때까지 빽빽 피워대는 모습이 온통 불안감 속에서 하루하루를 힘겹게 견디고 있는 듯했다. 게다가 그는 형사부가 아닌 공안부 검사가 자신의 사건을 맡은 데 대해 무척 떨고 있었다.

"나의 관심은 횡령 건이 아니오."

"네?"

"씨티은행에서 찾은 달러가 내 관심의 대상이란 말이오."

"네?"

"그 돈 백십오만 달러 말이오."

박두칠은 순간적으로 놀란 표정이 되었다가 이내 태연을 가장했다.

"네? 백십오만 달러요? 아, 네."

"무슨 돈이오?"

"……."

"말을 안 하겠다는 거요? 그럼 좋소. 나가시오. 그 돈도 횡령 액수에 합산하여 당신에게는 법정 최고형을 구형할 거요. 최 계장, 이 사람 내보내!"

장 검사의 협박은 곧 위력을 발휘했다. 박두칠은 한참이나 꼼짝도 하지 않고 무언가를 깊이 생각하더니 힘 빠진 목소리로 대답했다.

"검사님, 그 돈은 회사에서 빼낸 돈이 아닙니다."

"그럼 뭐요?"

"사실 그 돈은 누가 저에게 준 겁니다."

"누가 준 돈이라……?"

"그렇습니다. 틀림없습니다."

"그래요? 그럼 누가 주었는지 말해보시오."

박두칠은 한동안 입술을 지그시 깨물더니 이윽고 무언가를 결심한 듯 결연한 어조로 내뱉었다.

"김 부장님."

"뭐요?"

"그 돈은 김재규 부장님이 제게 주신 겁니다."

"김재규? 중정부장?"

"네. 그렇습니다."

"이백삼십만 달러를?"

"네."

"음. 언제요?"

"10·26이 일어나기 직전에 주었습니다."

"정확한 날짜가 언제요?"

"10월 25일입니다."

"왜 주었소?"

박두칠은 신중하게 천천히 대답했다.

"저는 가끔 부장님의 심부름을 했고, 부장님은 저를 무척 아껴주셨습니다."

"당신은 김 부장이 당신을 아꼈기 때문에 이백삼십만 달러나 되는 거액을 주었다고 주장하는 거요?"

"그렇습니다."

"음, 그래요? 그런데 그중 반은 왜 스파이베이라는 미국인이 가져갔지요?"

"그건 제가 미국에 투자를⋯⋯."

"거짓말하지 마!"

장 검사의 안색이 확 변했다.

"당신은 공동 명의인에게 백십오만 달러를 주었어. 이백삼십만 달러의 현금을 찾아서는 그중 딱 절반을 잘라 미국인에게 주었단 말이야. 그런데 투자라구? 그게 말이나 돼? 김 부장이 이십여 년 전에 준 이백삼십만 달러가 어딘가 있다 툭 튀어나와서 그 다음 날로 그 반을 미국에 투자했다는 게? 그걸 지금 말이라고 하는 거요?

"죄송합니다."

장 검사는 자리에서 벌떡 일어났다.

"최 계장, 이 사람 내보내."

"검사님!"

"가요. 당신은 더 조사할 필요도 없어. 거짓말을 하든 뭘 하든 당신 마음대로 해!"

장 검사는 박두칠이 부르는 소리를 뒤로한 채 윗옷을 입고는 나와버렸다.

돌아온 로저

다시 불려 온 박두칠이 잔뜩 풀이 죽어 있었다.

"오늘이 마지막 소환이오. 이제껏 진술한 것 외에 달리 진술할 것이 없다고 생각하는데, 본인 생각은 어때요?"

"검사님."

박두칠의 목소리가 떨려 나왔다.

"말해요."

장 검사는 다른 서류를 뒤적이며 시큰둥한 태도로 말을 받았다.

"말씀드릴 것이 있습니다."

"뭐요? 별거 아니면 더 이상 듣고 싶지도 않으니까 아예 얘기도 꺼내지 말아요. 이제 그만 종결지읍시다. 당신도 피곤할 테고."

"그 돈 말입니다."

"무슨 돈이오?"

"달러 말입니다."

"달러? 중정부장이 당신에게 심부름값으로 주었다는 돈 말이오?"

"네. 그에 대해 말씀드릴 것이 있습니다."

"말해봐요. 그렇게나 얘기하고 싶으면."

"사실 그 돈이 김재규 부장님에게서 나온 것만은 분명합니다."

"그런데요?"

"원래 그 돈은 제게 심부름값으로 준 게 아니라 로저라는 미국인에게 준 것입니다."

박두칠은 그제야 바른말을 하는 걸로 보였다.

"로저? 그자군. 로저 스파이베이."

"그렇습니다. 김 부장님은 저더러 그자에게 이백삼십만 달러를 주고 송금 영수증을 받아 오라 그랬습니다."

"김 부장이 당신에게 돈을 주었어요?"

"그건 아닙니다. 저에게 구두로 지시했습니다."

"그러니까 10·26이 터지기 불과 하루 전에 김 부장이 이백삼십만 달러라는 거금을 찾아 로저 스파이베이라는 미국인에게 주라고 했단 말인데…… 그런데 어떻게 됐어요?"

"비록 제가 중정에 있긴 했지만 달러로 바꾸는 데 시간이 많이 걸렸습니다. 그래서 다음 날에야 돈을 만들었습니다.

당시는 외환 규정이 아주 엄격했습니다."

"그래서요?"

"10월 26일 오후 늦게 돈을 달러로 다 바꾼 뒤 로저에게 전화를 걸었습니다. 씨티은행 앞에서 만나기로 했는데 이 친구가 좀 늦었습니다. 그래서 황급히 은행 안으로 들어갔는데, 이미 송금 라인이 다 끊어지고 만 후였습니다."

"그래서 공동 명의로 보관을 시켰다는 얘기군. 그날 밤 10·26이 터지고."

"네."

"흠, 재미있군. 이 세상에 단 세 사람만이 아는 돈이란 얘긴데, 그 후 돈의 운명은 어떻게 됐지요?"

"일이 터지자마자 부장님은 보안사로 연행되셨고, 로저는 그 후 통 연락이 되지 않았습니다. 우리 정보부 직원들은 서대문 근처의 합동수사부로 연행됐습니다만 저는 그 돈에 대해서는 입을 꼭 다물었습니다."

"그래서요?"

"하루하루를 불안하게 살았습니다. 부장님이 그 안에서 입만 뻥끗하면 저는 무조건 감옥으로 갈 수밖에 없는 운명이니까요. 그런 나날을 보내던 중 부장님이 사형당하셨습니다."

"그래서요?"

"저는 그 후 로저를 만나려고 무진 애를 썼습니다만 결코 그를 만날 수 없었습니다."

"언제 다시 만났어요?"

"바로 지난달입니다."

"지난달? 그럼 이십사 년이 지나서야 나타났단 얘기군요."

"네."

"그것참, 수수께끼 같은 인물이군. 이백삼십만 달러라는 거금을 이자도 없는 은행 금고에 넣어놓고 이십사 년이 지난 다음에 나타난다?"

"……"

장 검사는 직감적으로 이 로저 스파이베이라는 자가 커다란 비밀을 간직하고 있다는 걸 알 수 있었다. 이런 자가 이정서가 피살될 즈음 베이징에서 같은 호텔에 묵고 있었다는 상황이 심상치 않은 무게로 다가왔다.

"그는 지금 여기서 뭘 하고 있소?"

"모릅니다. 정말입니다."

"짐작 가는 것도 없어요?"

그러나 박두칠은 말없이 고개를 가로저었다.

"정말이지 저는 아는 게 없습니다."

"그의 연락처는?"

"그것도 없습니다. 그가 전화를 걸어와 만났는데 한 번 만나고는 그뿐이었습니다. 아무것도 알려주지 않았습니다."

장 검사는 박두칠로부터 무언가를 알아낼 수 없다는 생각
이 들었다. 이제 그가 거짓말을 할 이유가 전혀 없기 때문이
었다.

"가서 기다리시오."

"궁금한 게 있으면 언제든 부르십시오. 아는 대로 모두 진
술하겠습니다."

그러나 장 검사는 이제 박두칠로부터 들을 진술은 없을 거
라고 생각했다.

김정한의 내력

"알 수 없네. 나방의 배를 가르고 뭘 집어넣는다는 건 분명 정상적인 행동이 아니잖아. 또 그 정도 일에 백만 원이나 준다는 건 더더욱 정상이 아니야. 게다가 굳이 평택까지 가서 나방을 잡고 그 자리에서 날려 보낸 것도. 내 상식으로는 도저히 이해가 안 된다."

"그때 홍대 앞에서는 비밀의 권력이라도 가진 사람처럼 보였지? 그런데 알고 보니 그렇게 엄숙한 분이 아니야. 귀여운 데가 있었어."

"미래, 너 버릇없다."

"그냥 친근감이 느껴졌다는 얘기야."

"그런데 정말 나하고 같이 나오라고 하셨어?"

"그래."

"아무래도 그 나방 이야기는 좀 이해하기 어렵다."

미래는 전날 그 사나이에게서 전화를 받았다. 그는 전화 통화로 준에 관해 몇 가지 물어보며 함께 만나자고 했다.

"그런데 준아, 그분이 나에게 뭘 물어보신지 알아?"

"뭔데?"

"준이 네가 영원히 배신하지 않을 친구냐고 물어보시더라."

"뭐라 대답했니?"

"일단 그렇다고 했어."

"그런데 이상하다. 왜 갑자기 그런 질문을 하시지? 농담하실 분은 아닌 것 같은데……."

"나도 그게 이상했어."

미래가 고개를 들다 갑자기 손을 흔들었다. 준이 뒤돌아보니, 예의 그 사나이가 미소를 띤 채 편안한 차림으로 성큼성큼 걸어 들어오고 있었다. 준은 자기도 모르게 벌떡 일어나 사나이의 두 손을 잡았다.

"반갑네."

"안녕하셨어요?"

"그런데 오래 기다린 거 아닌가?"

"아니에요, 저희도 방금 왔는걸요."

미래의 인사를 받으며 사나이는 미소를 지은 채 농담처럼 말했다.

"미래 말로는 둘이 목숨을 같이하는 사이라고 하던데?"

준은 미래를 쳐다보았다. 미래는 자기도 모르게 얼굴이 빨

개졌다. 미래는 어색함을 없애려 목청을 가다듬으며 자신 있
는 목소리로 말했다.

"눈을 한번 보세요. 얼마나 정직하게 생겼는지. 이 친구는
절대 배신 같은 건 할 수 없는 의리의 사나이예요."

"그때도 그렇게 느꼈지만, 역시 준은 맑은 눈을 가졌어."

사나이는 두 사람을 번갈아 바라보며 흡족한 웃음을 지었다.

"그 나방은 아직 살아 있어."

"어머, 그래요?"

미래는 신기해하며 맞장구를 치다 문득 이상하다는 듯 물
었다.

"그런데 어떻게 아세요? 그 나방이 살아 있다는 걸."

나방이 이제껏 한자리에 가만히 있을 리 만무하다는 생각
이 든 준도 궁금한 듯 사나이의 얼굴을 쳐다봤다.

"으응, 다 아는 수가 있지."

사나이는 대답 대신 적당히 얼버무리고는 차를 시켰다. 미
래와 준은 사나이가 대답을 꺼리는 것 같은 기분이 들어 더
이상 캐묻지 않았지만 의문은 가슴에 그대로 남아 있었다.

차를 마시면서 이것저것 사소한 얘기를 나누던 세 사람의
화제는 자연스레 요즘의 화두인 노무현 대통령에게로 옮겨
갔다.

"저는 그 점에서 노무현 대통령에게 정말 실망했어요."

"그래?"

"세상에. 어쩜 그럴 수 있어요? 우리는 '반미면 어때'라는 그 한마디에 이 사람은 정말 다르기는 다르구나 하는 확신이 들어 투표를 했어요. 그런데 그게 뭐예요? 미국에 가서 한다는 말이, 미국이 없었으면 지금 자신은 북한의 정치범 수용소에 갇혀 있을지 모른다구요? 참, 기가 막혀서."

"하하, 하지만 대통령의 발언에는 우리가 받아들여야 할 점이 있을지 몰라. 당시 미국은 우리나라의 신용 등급을 한 단계 떨어뜨리겠다는 뜻을 내밀한 채널을 통해 전해 왔다지 않아. 노 대통령은 가뜩이나 경제가 어려운 데다 그런 일까지 일어난다면 한국 경제는 향후 수년간 절망의 구렁텅이에서 헤어날 수 없다고 생각해서 할 수 없이 그런 발언을 했던 게지."

준은 사나이의 해명이 일리가 있다고 생각했다. 그러나 미래는 평소 준의 마음을 읽은 것처럼 미국에 대한 불평을 늘어놓았다.

"미국은 왜 그래요? 정말 깡패하고 뭐가 달라요? 도대체 왜 또 우리나라의 신용 등급을 떨어뜨리겠다고 협박했던 거예요? 순수한 경제 때문이에요? 아니면 정치 문제 때문이에요?"

미래 역시 미국을 동경하긴 하지만, 미국의 횡포에 둔감하지만은 않았다.

"정치 문제라면?"

"자기네 마음에 안 드는 인물이 대통령에 당선됐기 때문이 잖아요?"

"음, 그런 면도 있겠지. 북한 핵 문제에 대해 한국이 스스로 의 목소리를 내려 했던 점도 탐탁지 않았겠지."

"우스워요. 왜 한반도의 핵 문제에 당사자인 한국이 소리를 내면 안 되는 거죠? 노 대통령의 해결책이란 게 폭력적이 아 니잖아요? 북한을 무력으로 응징하는 것은 배제하고 끝까지 설득하자는 건데 그게 틀렸다고 할 수 있나요?"

"미국의 시각은 우리와 다를 수 있지."

"제 생각에 핵 문제 해결은 간단해요. 북한은 불가침조약 만 맺어주면 핵을 포기하겠다니까 미국이 그래주면 그만이 잖아요."

"하하, 그런가."

옆에서 두 사람의 대화를 가만히 듣고 있던 준이 덧붙였다.

"미국은 알 수 없는 나라예요."

"그래? 그건 말 잘했어. 미국은 참 알 수 없는 나라야. 사실 미국인들이 그 검은 곳에서 무얼 생각하는지만 알아도 모든 문제가 한결 편해질 거야."

"네 그 검은 곳에서라뇨?"

"아무도 엿들을 수 없는 그들만의 공간 말이야. 그들은 거기서 세계를 지배하는 검은 생각들을 나누는 거지. 어떤 나라를 칠 건지 말 건지, 석유 값을 올릴 건지 내릴 건지 등을 말이야."

준은 사나이가 보통 사람들과는 상당히 다르다는 건 알고 있었지만, 다시 한 번 이 사나이가 어떤 사람인지 몹시 궁금했다.

"그런데 선생님은 뭐 하시는 분이세요?"

"나?"

"곤충학자라면 나방을 못 만져서 백만 원이나 주실 리가 없구요, 곤충학자가 아니라면 나방을 잡아 수술을 할 리도 없잖아요? 게다가 아까 아직도 나방이 살아 있다고 하신 말도 이상해요. 나방이 날아가버렸을 텐데 어떻게 살아 있는지 아시는 거죠?"

"하하, 그건 그렇군. 그런데 나보다 두 사람 얘기 좀 먼저 들어볼까?"

"저희는 뭐 평범해요. 저는 서울에서 태어나 자상하신 부모님하고 편안하게 잘 살고 있구요. 사람들 말로는 제가 엄마를 닮아 미인이래요, 얘는 그렇게 생각 안 하지만요. 그리고 생물학을 공부하고 있는데, 졸업 후에는 연구소에 취직할지 유학을 갈지 아니면 결혼을 할지 미정이에요. 그리고 준이는요, 원래 부산에서 태어났는데 어릴 때 부모님이 돌아가셔서 서울로 올라왔어요. 고등학교 때까지 할머니 댁에서 살았는데 대학부터는 독립했어요. 그래서 요리를 잘하구요. 또 이렇게 애가 털털하고 건장해요. 앞으로 뭘 할지는 천천히 생각하기로 했어요. 우선은 군대 문제를 먼저 생각해야 하니까요."

"미래는 성격이 아주 쾌활하군."

"자, 이제 선생님 얘기 들을 차례예요."

잇따른 채근에 사나이는 웃기만 했다. 그러자 미래가 다시 한 번 사나이를 졸랐다.

"궁금한 게 많아요. 북에서 오셨다니 더 그래요. 나방 실험 하시는 것도 그렇고, 또 그런 일에 백만 원이나 쓰시는 것도 그렇구요."

사나이는 고개를 끄덕였다. 그 의미가 미래의 말에 공감한 다는 것인지 아니면 자신에 대해 말할 기회를 일부러 기다려 왔다는 뜻인지는 알 수 없었다. 어쨌든 사나이는 자신의 얘기를 할 용의가 진작부터 있었던 모양이었다.

"그럼 내 얘기를 좀 해볼까?"

두 사람은 긴장했다. 사나이는 잠시 어둠이 내린 바깥으로 시선을 돌렸다. 마치 먼 옛날의 추억이라도 떠올리려는 듯 한동안 시선을 고정시킨 채 있다가 잔잔한 목소리로 얘기를 시작했다.

"난 상도라고 불리기도 하지만 본명은 김정한이라고 한다.

일본에서 태어나 어린 시절에 북한으로 들어갔어. 나의 부친은 열렬한 조총련 인사로 조국 북한에 들어가 살고 싶어 하셨지. 나는 북한에서 중고등학교와 대학교를 다녔다. 어린 시절부터 수학과 과학에 취미가 있었고, 그 방면의 공부는 자신이 있었다."

"그러셨군요."

미래와 준은 사나이의 입에서 나오는 뜻밖의 이야기에 벌써부터 빨려 들어가고 있었다.

"선생님들은 벌어진 입을 다물지 못했어. 나는 곧 북한 제일의 천재 소년으로 알려지기 시작했고 수학과 과학에 관한한 타의 추종을 불허했지. 김책공대의 교수들조차 중학생인 나를 따라오지 못했어. 하지만 언제부터인가 북한이 아닌 일본의 천재 소년으로 알려지기 시작했지."

"어째서요? 일본으로 다시 돌아가셨나요?"

"그건 아니고……. 일본의 각종 경시대회에 참가하기 시작했는데, 거기서도 언제나 일등이었어. 한국 언론에서는 보도하지 않았지만 나는 모두를 놀라게 했지. 북조선의 천재 소년 혹은 일본의 천재 소년. 나는 그렇게 젊은 시절을 보냈어."

"대단하셨군요. 그런데 우리는 까맣게 모르고 있었어요."

"그랬겠지. 당시는 남북이 치열하게 대립하고 있던 시절이니까 한국 언론의 스포트라이트를 받을 수는 없었지. 그래서 일본의 천재로 둔갑하기도 했고. 어쨌든 나는 일본으로부터 각종 스카우트 제의를 뿌리치고 김책공대에 입학해 미세 성문 인식을 공부하기 시작했지."

"미세 성문 인식이라구요?"

"그래. 초정밀 기기를 이용해 아주 조그만 소리까지 들어내는 기술이지. 이 기술은 아주 쓰이는 데가 많아."

"그래요?"

"남한은 반도체 등에서 세계 제일의 기술을 가지고 있지만, 북한은 한때 도청이나 감청에서 세계 제일의 기술을 가지고 있었어."

전자공학도인 준이 고개를 갸웃거렸다.

"북한이오? 믿어지지 않아요. 북한이 전자 분야에서 그런 베이스를 구축하고 있었다는 게."

"음, 그건 내가……."

"그렇군요. 바로 김 선생님 혼자서 이룬 성과였군요."

김정한은 고개를 끄덕였다.

"그런데 왜 한때죠? 아, 선생님이 탈북하셨군요."

"그래, 나는 어느 날 일본에 갔다가 남한으로 와버렸다."

"왜요? 북한 사회에 염증이 나셨어요?"

"음, 그런 면도 있을지 모르지. 하지만 가장 큰 이유는 나의 지식이나 기술이 북한에서는 별로 응용될 곳이 없었어. 말하자면 다른 분야도 비슷하게 쫓아와야 하는데 북한에서는 다른 분야가 전연 따라오지 못했어. 나의 지식과 기술이 차츰 세계 정상권에서 밀려나고 있었던 게지."

"이해가 가요. 그런데 일본에서 한국으로 오시는 데는 문제가 없었어요?"

"망명이란 게 좀 복잡하기도 하고 해서 그냥 탈북자 신분으로 왔어. 하지만 남한의 정보 당국에는 내가 어떤 사람이란 걸 구체적으로 소상하게 알리진 않았어. 떠들썩해지는 건 내 성격에 맞지 않으니까."

"호호, 재미있네요. 남한에서는 어떻게 살아오셨어요?"

"내가 일본에 자주 가긴 했지만 자본주의에 익숙한 건 아니었어. 그래서 남한에서 지내는 데 애를 좀 먹었지."

"네? 선생님 같은 실력자가요?"

"그래. 바로 그 실력 때문에 애를 먹었지."

"무슨 일이 있으셨어요?"

미래가 조심스럽게 물었다.

"자세한 건 다음 기회에 얘기하기로 하자. 어쨌든 나는 남한의 휴대폰이 세계 제일이 될 수 있도록 나의 지식과 기술을 전수했어. 처음에 사람들은 탈북자 출신인 내 말을 믿으려 들지 않았지만 시험에 성공하자 미친 듯이 내게 몰려들었지."

"그럼 지금은 휴대폰 회사에서 일하세요?"

"아니야."

"그러면요?"

김정한은 잠시 말을 끊고 미래와 준을 한동안 응시했다. 잠시 후 그는 마음을 굳혔는지 나직하고 단호한 목소리로 다짐을 두었다.

"지금부터 내가 하는 말에 대해서는 비밀을 지켜줘야 해."

미래와 준은 내심 놀랐으나 잠자코 고개를 끄덕였다.

두 사람만의 결사

"나는 얼마 전에 중대한 결심을 하게 되었어."

김정한의 목소리가 갑자기 엄숙해지는 바람에 미래와 준 역시 진지한 표정이 되었다.

"발단은 나와 가까이 지내던 사람에게서 시작되었지."

"여기 남한에서 알게 된 분이에요?"

"그래. 하지만 두 사람은 이미 내 친구를 알고 있을 거야."

김정한은 자신의 친구가 무척 자랑스러운 모양이었다.

"누군데요?

"소설가야. 이정서라고 알지?"

"어머, 그 작가가 친구분이세요? 얘는 그분 애독자예요."

"호오, 그래. 반갑군."

김정한은 자신이 마치 친구라도 되는 듯 반가워했다.

"우리는 그간 많은 얘기를 나누었어. 주로 한반도의 운명에 대해서였지. 그는 하루의 대부분을 한반도와 국제 관계에 대해 연구하고 사색하며 보냈는데, 자신의 연구를 소설로 써내곤 했어. 그런데 어느 날 그가 나에게 부탁을 해왔어."

"그게 무슨 부탁이지요?"

"바로 미래가 해줬던 그 일이지."

"나방에 무언가를 집어넣는 일 말인가요. 그게 무슨……?"

"도청."

"네?"

"도청이야."

"뭐가요? 뭐가 도청이에요?"

"나방 말이야. 그건 도청이야."

"어머, 제가 도와드린 게 그럼 도청하는 거였어요?"

사나이는 빙긋 웃었다.

"그래."

미래는 당혹감을 감추지 못한 채 물었다.

"누구를 도청하시려 한 건데요?"

미래는 정중한 어조로 말했지만 긴장된 목소리였다. 미래는 도청에 대해 선입견이 좋지 않았다. 그런데 자신도 모르는 사이에 도청에 협력했다니. 잘못하면 형사 피의자가 될 수도 있는 일이었다.

"평택의 미군 특수부대."

"어머!"

"그러니까 정서는 한국에 있으면서 이 사회의 이곳저곳을 도청하는 미국의 정보기관을 역으로 도청해야 한다는 얘기를 꺼낸 거야."

미래와 준은 김정한의 뜻밖의 얘기에 놀라 한동안 입을 다물지 못했다. 잠시 후 준이 천천히 고개를 끄덕이며 뭔가를 정리하는 듯한 목소리로 말했다.

"그러니까 작가 선생님은 김 선생님의 천재적 재능을 이용해 미국의 특수부대를 도청해달라고 했단 말씀이지요?"

"그래."

미래는 영화나 소설에서만 보던 일이 지금 자신의 앞에서 벌어지고 있다는 생각에 얼굴이 상기되었다.

"도청은 불법이잖아요."

미래는 흥분하며 따져 물으려 했지만, 준이 미래의 팔을 가만히 잡아당기자 입을 다물었다.

"작가 선생님은 어떤 이유로 그랬는지 정말 궁금하네요."

"그는 지금 한반도에 사는 우리야말로 미국의 진정한 속내를 아는 것이 무엇보다 중요하다고 말하곤 했지."

김정한의 얼굴에 잠시 단호한 표정이 피어올랐다. 이로 보아 김정한은 친구의 말에 대단한 믿음을 가지고 있는 모양이었다.

"도청을 통해서요?"

미래는 아무리 그래도 이해가 안 된다는 표정이었지만, 준은 김정한의 이야기에 점점 끌려들었다.

"두 분은 서로 어떻게 처음 알게 되셨어요?"

"내가 잠깐 형무소에 있을 때였지."

준과 미래는 자신도 모르게 서로 마주 보았다.

"형무소에 가신 적이 있으세요?"

"그래. 아까 잠깐 얘기했듯이, 나는 그 실력 때문에 몇 군데 계약을 했는데 알고 보니 그중 하나가 독점 계약이었어. 자본주의에 익숙지 않던 나는 이유도 모른 채 구속되었지."

순간 긴장했던 미래는 최소한 정치 문제에 말려든 것이 아니라는 데 다소 안심이 되는지 안도의 한숨을 내쉬었다.

"하지만 다행히 한 인권 변호사의 도움으로 난 곧바로 석방되었어. 그 변호사의 훌륭한 변론 덕분에 나는 오히려 거액을 받을 수 있었지. 그 변호사가 고교 동창인 이정서에게 우연히 내 얘기를 했고, 이정서는 형무소로 날 찾아왔지."

"왜 찾아왔어요?"

"언젠가 나에 관한 기사를 일본 신문에서 본 적이 있었다더군. 처음에는 단지 호기심으로 찾아왔을지 모르지만, 이후 그는 외로운 나의 소중한 벗이 되었어."

"그랬군요."

"어느 날 밤 설악산에서 그와 나는 힘을 합쳐 한반도의 미래를 위해 우리의 인생을 바치자고 맹세했어. 그날 밤은 참 아름다웠어. 얼마나 감격했는지 내 두 뺨에서는 나도 모르게 눈물이 주르륵 흘러내렸지. 이북을 떠나오고 나서 자본주의의 단맛에 취해 살다 처음 느껴보는 감동이었어. 그제야 비로소 그전의 내 삶을 찾아보게 되더군."

"좋은 벗을 만나셨네요."

"그래, 무엇보다 그는 내 가슴 깊숙이 잠재해 있던 어떤 의식을 깨어나게 했어."

"어떤 의식인데요?"

"글쎄, 우리 민족에 대한 애정이랄까, 안타까움이랄까. 나는 어려서부터 일본과 북한을 왔다 갔다 하면서 우리 민족의 슬픈 운명에 안타까움과 분노를 느낀 적이 한두 번이 아니었어. 하지만 남한으로 들어오고 나서부터는 안락함과 돈 쓰는 재미만 추구하는 이기적인 인간이 되어버리고 말았지."

"그건 누구나 다 그렇잖아요. 또 자본주의라는 게 그렇기도 하구요."

"그래. 나도 어쩔 수 없이 그 안락함과 재미에 빠져들었지. 하지만 가슴 깊은 곳 어딘가에 묻혀 있던 안타까움, 아니 좀 더 정확히 말하자면 북녘에서 고생하는 동포와 이웃에 대한 연민이 그를 만나면서 조금씩 살아나기 시작했어."

"보통 사람들은 돈맛을 보면 그걸로 끝인 경우가 많던데요."

"나는 애국이라는 관념이 완전히 상실된 이 나라에 절망했었어. 그런데 그날 밤부터 새로운 희망에 몸을 떨었어. 나는 내가 번 돈을 모두 한민족을 위해 쓰겠다고 맹세했어. 정서와 나는 둘만의 결사를 만들었지. 미국, 일본, 이스라엘 등 어느 나라든 이런 결사가 넘치지만 유독 우리만 없었어."

"멋있네요."

"정서가 있었으니 가능한 일이었지. 그는 세상을 보는 안목이 보통 사람과는 좀 달랐어. 그의 눈을 빌려서 보면 세상의 일들은 신문에서 보도되는 대로가 아니야. 그는 특히 요즘의 미국에 대해 강렬한 의구심을 갖고 있어."

"어째서요?"

"음, 그는 부시가 재선되면 한반도가 큰 위기에 빠지게 되어 있다고 했어."

"그건 한반도에서 다시 전쟁이 일어날 수도 있다는 얘기입니까?"

"미국은 지금 두 가지 계획을 만들어놓고 그중 어떤 것을 택할지 진지하게 고민하고 있는 중이라 했어."

"그 계획이 북한에 대한 공격인가요?"

김정한은 말없이 고개를 끄덕였다.

"어느 날 그는 내게 한국에 있는 미국 정보기관의 도청이 가능한지를 물었어."

"그래서요?"

"친구의 말을 듣는 순간, 나는 말할 수 없는 투지를 느꼈어. 미국을 상대로 한번 해보자는 오기 같은 거 말이야."

"그래서 나방으로 실험을 하셨던 거군요. 참, 그전에 파리도 실험했다고 그러셨죠?"

김정한은 고개를 끄덕였다.

"아니야. 그 음모의 실체는 여기 한국에서 알 수 있는 것이 아니야."

"그러면요?"

"그들의 진정한 속내는 미국 대통령 주변에 가야 비로소 알 수 있다는 결론을 내렸어. 특히 정서는 내게 미국 대통령 도청의 중요성을 몇 번이나 강조했어. 그 검은 속을 직접 들어야 한다는 거였지."

"그러면 며칠 전 하셨다는 중대한 결심이 바로……?"

김정한은 손을 뻗어 물잔을 입가로 가져갔다. 느릿한 동작으로 물을 한 잔 다 마시고는 나지막한 목소리로 입을 열었다.

작전명 '카오스'

"나는 미국의 대통령을 도청하기로 결심했어."

"네?"

"그래. 미국의 대통령 말이야."

준과 미래는 벌어진 입을 다물지 못했다.

"작전명은 카오스라고 해둘까? 두 사람도 나비효과라는 건 알고 있겠지? 작은 나비의 날갯짓이 엄청난 결과를 초래할 수 있다는 거 말이야."

잠시 침묵의 시간이 흐른 후, 준이 믿어지지 않는다는 듯한 표정으로 물었다.

"그게 과연 가능할까요? 미국의 대통령을 도청한다는 게."

"도청 전문가인 그들이니 반대로 도청을 막아내는 데에도 역시 세계 제일이야. 하지만 나는 그들을 별로 인정하고 싶지 않아."

"대단한 자신감이시군요."

"그들이 애용하는 최첨단 기술은 인공위성을 이용한 거야. 인공위성에서 초음파를 쏘아 공기의 떨림을 기억한 후 되살리는 방법이지. 가령 사람들이 대화하는 건물의 창에 레이저를 쏜다든지 테이블 위에 놓인 음료수 잔을 쏜다든지 하거든. 그런데 우리 형편에는 그럴 수도 없거니와 정부에서는 감히 미국을 상대로 도청한다는 건 꿈도 못 꾸지. 나는 최소한의 원시적 장치로 일을 해내야 한다고 생각해. 그것도 혼자서 말이야."

"그게 나방을 이용하는 방법인가요?"

"그래. 잘 들어. 미국 대통령들은 정작 중요한 일은 백악관보다는 오히려 캠프 데이비드에서 논의하는 경우가 많아. 특히 텍사스 목장 출신의 부시는 더욱 그렇지."

"캠프 데이비드요? 미국 대통령 별장 말이지요?"

"그래. 나는 캠프 데이비드의 특성상 기계보다는 자연물, 즉 나방을 이용하는 것이 낫다는 결론을 내렸어. 아까 지난번의 그 나방이 어떻게 살아 있는지 아느냐고 물었지?"

"네."

"그건 내가 그 나방이 쏘는 전파를 잡을 수 있는 수신기를 가지고 있기 때문이야. 얘기한 대로 나는 이미 그 나방을 이용해 평택에 있는 미군의 특수부대를 도청했어."

"그래서 그때 평택까지 가셨던 거로군요. 성공하셨다고 하셨죠?"

"성공하다마다. 나는 그 부대에서 의미 있는 정보를 몇 건 도청했지. 그건 그렇고 자, 어때? 두 사람은 나를 도와주겠나?"

"네?"

"나를 도와주겠느냔 말이야?"

"우리가요?"

김정한은 말없이 고개를 끄덕였다.

"저희가 어떻게 도울 수 있지요?"

"두 사람이 미국으로 가는 거야."

"말도 안 돼요."

아직까지 도청에 대한 반신반의 하고 있던 미래가 즉각 부정적인 반응을 보였다.

"잠깐 미래야. 좀 더 얘기를 들어보자."

준이 미래와는 달리 진지한 어조로 물었다.

"그런데 선생님, 너무 갑작스러워서 정신을 차리기가 어려워요. 우선 왜 저희처럼 아무것도 아닌 사람을 보내려고 생각하신건지 말씀해주세요."

"나는 아는 사람이 별로 없어. 알다시피 이런 일은 누구하고 의논하기도 조심스러워. 원래는 나 혼자 하려던 일이었어. 그런데 얼마 전 준과 미래를 보게 되었지. 후원회에서부터 눈여겨보았고, 폭력배들에게 당당히 맞서는 모습에 두 사람이야말로 내가 기다리던 사람이라는 생각이 들었지. 두 사람의 정의감과 순수함에 감동했다고 할까. 나는 두 사람에게 제안하면 어떨까 하는 생각을 갖게 된 거야. 게다가 준은 전자공학도라 기계를 만지고, 미래는 생물학도라 나방을 잘 다룰 수 있고. 그야말로 하늘이 돕는다는 생각이 들었지."

"그때 그 젊은 사람은요? 상당히 능력 있어 보이던데요."

"그는 자칫 감시의 표적이 될 수 있는 전력이 있어."

"그러면 작가 선생님이 계시잖아요?"

순간, 김정한의 표정이 굳어졌다.

"그가 있다면, 내가 이렇게 외롭진 않을 거야. 이정서는 더 이상 이 세상 사람이 아니야."

"네? 이정서 선생님이 돌아가셨다는 말씀이세요?"

"그래."

김정한은 감정의 동요를 드러내려 하지 않았지만 얼굴에는 어쩔 수 없는 분노의 기색이 서렸다.

"어! 바로 얼마 전에도 그분의 글을 읽은 것 같은데……. 어떻게 돌아가셨는데요?"

"아직 아무것도 몰라. 그는 베이징에서 죽음을 당했는데 미국과 연관이 있어."

"정말인가요? 전혀 모르고 있었어요."

"내가 반드시 미국 대통령을 도청해야겠다는 결심을 하게 된 것은 그의 죽음 때문이야. 미국 대통령의 도청은 그의 소원이었으니까."

미래는 좀 미안한 느낌이 들었지만 솔직하게 말했다.

"아무리 그렇다 하더라도 성공할 가능성이 너무나 낮고요. 또 저희는……."

"그래. 두 사람에게는 이 계획이 엉뚱하게 보일 거야. 한없이 엉뚱해 보이겠지. 하지만 새로운 역사는 언제나 엉뚱한 시도로부터 출발하는 거잖아."

"미국에 가서는 어떻게 하는 건데요?"

"여기서 내가 소형 칩을 주면 그걸 가지고 현지에 가서 나방을 잡은 후 이 칩을 나방의 몸에 넣는 거야. 그러곤 대통령의 별장 부근에 가서 나방을 풀어놓는 거지. 경비가 삼엄하기 때문에 부근에 다른 민가는 없어. 나방은 곧장 불빛을 따라 대통령의 별장으로 날아갈 거야."

"만약 나방이 그리로 날아가지 않으면요?"

"한두 마리라면 날아가지 않을 수도 있겠지. 그러나 열 마리 정도의 나방에 장치를 하면 될 거야. 별장 부근은 온통 컴컴하니까 나방은 밤에는 반드시 대통령의 별장 부근, 그것도 대통령이 얘기를 나누는 현장에 있을 거야."

미래는 준의 얼굴을 쳐다보았다. 준은 조심스럽게 고개를 끄덕였다. 김정한의 방법이 일리가 있다는 생각에서였다.

"우?."

미래가 입 밖으로 신음 소리를 내뱉으며 입술을 깨물었다. 미래에게 이런 일은 당연히 영화에서나 있을 수 있는 일이었다. 마음 같아서는 준의 팔을 잡아끌고 이 자리를 벗어나고 싶었다. 하지만 준은 미래의 마음과는 상관없이 진지한 표정으로 계속 앉아 있었다.

"아마추어인 우리가 과연 그런 일을 해낼 수 있겠어요?"

"글쎄, 그건 나도 몰라. 하지만 방법만은 워낙 감쪽같다고 나는 자부해. 누구도 의심하지 않는 기묘한 방법이지. 오직 나만이 할 수 있는⋯⋯."

미래는 계속 눈을 내리뜬 채 아무 말도 못 하고 있었다.

"자, 자. 그럼 깊이 생각해보고 연락을 줘."

김정한은 연락처를 적어 건네준 뒤 홀연 자리에서 일어나 나가버렸다.

로저를 만난 군인

로저 스파이베이.

이 이상한 사나이는 며칠간 장 검사를 끈질기게 괴롭히고 들었다. 사실 이 사건은 무시해버리면 아무것도 아닌 그런 사건이었다. 이제껏 밖으로 공개된 적도 없고 매스컴의 주목을 받은 적도 없는 사건이었다. 더군다나 외국에서 일어난 사건이라 자신의 관할도 아니었다. 하지만 이 아무것도 아닌 사건이 장 검사의 호기심을 끈질기게 파고들었다.

보통의 검사라면 묻어버리거나 피하고 말 사건이었지만 사건 자체와 정면 승부를 하기 좋아하는 장 검사에게는 오히려 비상한 관심을 불러일으켰다. 장 검사는 우선 로저가 백십오만 달러라는 거금을 쥐고서는 바로 한국을 떠나지 못한 이유에 대해 깊이 생각해보기로 했다.

며칠간 생각을 거듭하던 장 검사는 그가 단순한 개인 자격으로 온 것이 아니라는 결론을 내렸다.

'백십오만 달러를 주머니에 넣고서도 사람을 죽여야만 할 이유는 없다. 아니, 여기 머무를 이유조차 없다. 그런데 그는 여기 머물러 있다. 그렇다면 그는 어떤 일로부터 자유롭지 못하다는 얘긴데. 어떤 일이라……. 그게 뭐란 말인가? 정말 그가 이정서의 피살과 관련이 있는 것일까? 만약 그렇다면 그는 중국에서 미국으로 가버렸어야 하는 게 아닌가. 다시 한국으로 돌아온 이유는 뭔가? 결국 이 사건은 로저를 찾아야만 한다. 하지만 그를 찾는다 하더라도 수사를 할 수는 없다. 자칫하면 국제 문제를 야기할 수 있는 일. 어떻게 해야 하는가? 아니, 그전에 그는 누구인가?'

장 검사는 위안 검사가 보내 온 폐쇄회로 테이프를 몇십 번이나 돌렸다. 그러나 평범한 복장을 한 세 사람의 미국인 모습만 가지고는 더 이상 알아낼 수 있는 게 아무것도 없었다. 장 검사는 최 계장을 불렀다.

"네, 검사님."

"할 수 없소. 이 세상에서 가장 무식한 방법을 쓰는 수밖에."

"무슨 말씀이신지……?"

"소 뒷걸음에 생쥐가 밟히길 바라는 격이지만, 어쩌면 가능성이 있을지도 몰라. 놈은 백만 달러 이상을 호주머니에 넣고 있는 자이니까."

"네?"

"놈이 재입국한 날짜가 언제요?"

"놈이라시면?"

"응, 참. 로저 스파이베이 말이오."

"아, 네."

최 계장이 서류를 찾으려 하자 장 검사가 손을 가로저었다.

"됐어요. 확인해보고 재입국 날짜에 돌아간 서울 시내 특급 호텔의 카메라 테이프를 모두 수거해 베이징의 호텔에서 찍힌 이 테이프 속의 모습과 비교하시오. 사람을 얼마 쓰든 말이오."

"네, 알겠습니다."

"베이징에서 호화로운 식사를 했으니 서울에서도 특급 호텔에 방을 잡지 않았을까?"

장 검사는 최 계장의 뒷모습을 향해 혼잣말처럼 중얼거렸다.

필연이란 우연의 예감 위에 존재하는 모양이었다. 소 발에 쥐가 밟히기를 바라는 심정으로 최 계장에게 지시했던 일이 거짓말처럼 맞아떨어진 것이었다.

"검사님, 롯데호텔입니다."

"무슨 소리요?"

"입국하던 날 밤부터 닷새 동안 이 사람은 소공동 롯데호텔에서 묵은 후 체크아웃하고 나갔습니다."

"뭐라구? 롯데호텔?"

"네. 그렇습니다."

"용케 찾았군."

"저희야 뭐, 검사님이 지시하셔서……."

"어쨌거나."

"그런데 그 뒤가 없습니다."

"뒤가 없다니?"

"그 후의 행적을 알 수 없습니다. 출국한 것은 아닌데 어디 있는지 알 수 없습니다."

"일단 롯데호텔에 남겨진 그의 모든 기록을 가져와요. 통화 기록이라든지 기타 모든 걸 말이오."

그러나 손에 잡힌 것 같았던 그의 행적은 또다시 오리무중 이었다.

"세상에! 호텔에서는 전화 한 통 안 걸었군요."

"음."

"행적을 알 수 있는 거라곤 티끌도 안 남겼습니다."

"그렇군. 그는 공무로 온 자야."

장 검사의 혼잣말을 최 계장은 이해하지 못했다.

"네?"

"그는 사적인 일로 여기 온 게 아니야. 사적인 일로 온 사람 이라면 그렇게나 철저하게 자신을 가리진 않을 거 아닌가?"

최 계장은 그제야 고개를 끄덕였다. 사실 그는 요즘 장 검사가 하는 일을 잘 이해할 수 없었다. 자신이 존경하는 보스는 정식으로 사건을 맡은 것도 아닌데 관할 사건보다 더 열심히 달려들고 있었다.

"10·26과 관련이 있는 거나, 이정서가 죽던 날 베이징에 있었던 거나, 이렇게 철저히 자신을 가리는 거나 모두 공통점이 있지 않나?"

"그런 것 같습니다."

"그래. 그는 뭔가 비밀스러운 공무를 수행하는 자야. 정보 계통에 있다는 얘기지."

"틀림없는 것 같습니다."

"음, 이십사 년만의 공무라……. 그건 도대체 어떤 일이지?"

"검사님, 호텔의 폐쇄회로 카메라를 돌려볼까요?"

"그래. 카메라에는 그자의 모습이 수십 번 찍혀 있을 테니, 그중에 뭔가 있을지도 모르는 일이야."

최 계장은 지난번보다 훨씬 자신 있는 표정으로 나섰고, 그의 기대대로 약간의 소득을 가지고 돌아왔다.

"검사님, 그가 커피숍에서 누군가를 만나는 장면이 잡힌 게 있습니다."

"어서 돌려봐요."

최 계장은 테이프를 돌렸다. 로저가 누군가와 얘기를 나누는 장면이었다. 오 분가량 대화를 나누던 두 사람이 일어나 악수를 하고 헤어지는 지극히 단순한 장면이었지만 장 검사와 최 계장은 수십 번이나 테이프를 돌려 보며 어떤 정황인지를 그려내려 애썼다. 하지만 최 계장은 지친 표정으로 고개를 가로저었다.

"이 정도 장면으로는 뭘 해볼 수 있는 게 없습니다. 현행범이라면 수배를 한다든지 하겠지만⋯⋯. 외국인인 데다 범죄와 연결되었다고 단정할 수도 없는 일이고."

"그랬다간 큰일 나지. 엄청난 국제 문제로 비화돼 장관님까지 곤욕을 치를 거요."

"게다가 미국인이니 더하겠지요."

카메라에서 조금도 눈길을 떼지 않고 계속 같은 장면만 몇십 번이나 돌려보던 장 검사가 갑자기 목소리를 높였다.

"그런데 최 계장, 이걸 좀 봐요."

"네?"

"이 사람, 이 젊은 사람 말이오."

"네. 비서 같은데요."

화면에는 로저와 만난 한국인이 자리에서 일어나 악수를 나누고 헤어지려 할 때 어디선가 나타나 한국인의 뒤를 따르는 젊은이가 보였다.

"이 사람, 머리가 너무 짧지 않아?"

"그런데요."

"비서들이라 한결같이 용모가 단정하긴 하겠지만 보통 사람보다 눈에 띄게 머리가 짧아."

"정말 이상할 정도로 짧은 머리군요."

"이건 뭘 말하는 거지?"

"네?"

"이렇게 머리 짧은 비서를 데리고 있다는 사실이 뭘 말하는가 말이야?"

"저는 잘……."

"이 젊은이가 군인일 가능성이 있지 않아? 비록 사복을 입고 있지만 말이야."

"아!"

"이 사나이도 어딘가 공무원 같은 냄새가 나지 않아?"

"그런 것 같습니다. 비록 짧은 화면이지만 악수하는 동작을 보면 어딘지 모르게 절도가 있는 것 같습니다."

"그래, 군인이야, 군인."

"역시 검사님은 대단하십니다."

"치켜세우지 말아요. 대신 최 계장도 독자적으로 이 사건 진지하게 검토해보고 기초 수사를 아주 철저히 해요. 아무리

사소한 거라도 놓치지 말고 조사해봐요."

"알겠습니다. 그런데 이 사건, 정식으로 맡으셨습니까?"

"내사 단계라고 생각해요."

최 계장이 제자리에 돌아간 후에도 장 검사는 한참 동안 뭔가를 생각하더니 전화기를 들었다.

"유용원 기자 부탁합니다."

고등학교 동창인 군사 전문 기자였다. 십여 년간을 한 신문사에서 군사 문제만 전문으로 다뤄온 친구라 그 분야는 줄줄 꿰는 전문가였다.

"유용원입니다."

"부탁할 게 있어 전화했네."

"누구? 장 검사야?"

"그래."

"뭐야?"

"사진 한 장 보낼 테니 누군지 좀 알아봐주게."

"안성기나 조용필이 같은 유명인이 아니라면 기자라고 알 수 있나?"

"군인이야."

"군인?"

"그래, 그것도 비서를 데리고 롯데호텔에 나타난 군인."

"그거야 당장 알 수 있지. 비서를 데리고 특급 호텔에 갈 수 있는 군인이 대한민국에 몇이나 있겠어? 얼른 보내봐."

최 계장이 폐쇄회로에서 딴 사진을 보낸 지 십 분도 되지 않아 동창은 바로 전화를 걸어왔다.

"사진 속의 인물은 너무나 유명한 사람이야."

"뭐라구? 그럼 군인이 맞다는 얘기야?"

"그래. 자네가 먼저 군인이라 하지 않았나?"

"그건 가정이었어?"

"무슨 말이야?"

"응, 하여튼 추리가 맞았어. 이런, 세상에!"

"무슨 말인지 모르겠군. 하여간 사진 속의 인물은 육군에서 가장 신망이 높은 사람이야. 미래의 총장으로 꼽히는 사람 중 하나지."

"그래? 이름이 뭔데?"

"김태천 소장."

"김태천 소장?"

"그래. 육군 사단장이야. 아주 똑똑하고 소신이 분명한 사람이야. 두루 발도 넓고."

"성향은 어떤 사람이야?"

"성향? 후후, 드러내지 않는 사람이라고 하면 맞을 것 같은데."

"그 외 특별한 점은?"

"특별한 거…… 하여튼 군 내부에서 인기 짱이야."

"알았어. 고마워."

전화를 끊고 난 장 검사는 로저 스파이베이가 이십사 년 만에 공무로 와서 한국 육군의 사단장을 만났다는 사실을 어떻게 이해해야 할지 몰라 잠시 생각에 잠겼다.

기이한 방문객

장 검사가 한참 이런저런 생각에 빠져 있을 때였다.

"검사님, 전화입니다. 중요한 얘기가 있다고 하는데요."

"최 계장더러 받으라고 해."

"검사님에게만 할 말이 있다고 합니다."

장 검사는 그냥 끊으라고 말하려다 이상한 예감이 퍼뜩 머리에 스쳐 전화기를 들었다.

"장민하 검삽니다. 무슨 일입니까?"

"구내식당에서 만났으면 합니다."

"일단 전화로 얘기하시죠."

"직접 만나야만 하는 일입니다."

"무슨 일인지 대충이라도 밝혀야 만날 게 아닙니까?"

"실망하지 않을 겁니다. 구내식당 창가에 앉아 있겠습니다."

상대는 일방적으로 전화를 끊었지만 장 검사는 어딘지 상대가 자신감을 가졌다는 생각이 들었다. 이런 사람이 굳이 자신을 구내식당으로 불러내는 데에는 그럴 만한 이유가 있을지 모른다는 생각에 장 검사는 자리에서 일어났다.

엘리베이터 안에서 장 검사는 자신이 로저 사건 때문에 혹시 다른 일들을 놓고 지내는 건 아닌가 하는 생각이 들어 약간 반성했다. 정보를 주기 위해 검찰청까지 온 사람이라면 내려가 만나는 게 당연하다는 생각이 들어 그를 만나면 좀 친절하게 대해야겠다는 마음을 먹었다.

식당은 한산한 편이었다. 호리호리한 몸매에 상당히 내성적으로 보이는 표정을 한 젊은 남자가 구내식당 한쪽 테이블에 앉아 있었다. 장 검사가 식당 안으로 들어가 두리번거리자 그가 잠시 일어났다 앉았다.

"이름을 밝히지 않는 점, 이해하십시오."

세상에는 익명의 제보자들이 많이 있는 법이라 장 검사는 특별히 이 말에 신경을 기울이지 않았다.

"네, 말씀하시지요."

"평택에는 미군 특수부대가 있습니다."

"미군 특수부대라고요?"

"그렇습니다."

"그런데요?"

장 검사는 이십대 후반으로 보이는 이 방문객의 입에서 무슨 말이 튀어나올지 전혀 짐작할 수 없었다.

"그 부대에서는 우리나라의 여러 기관과 요인들을 불법적으로 도청하고 있습니다."

황당한 얘기이기도 했지만 설사 진실이라 하더라도 장 검사는 자신이 손댈 수 있는 일이 아님을 즉각 깨달았다. 미군 부대의 불법 도청을 어떻게 수사한단 말인가? 흥미가 사라지려고 하는 순간, 방문객은 경악할 만한 얘기를 꺼냈다.

"그들은 두 차례에 걸쳐 장 검사님의 방을 도청한 적이 있습니다."

"네? 뭐라구요?"

"검사님은 도청당한 적이 있단 얘깁니다. 한 사람의 수사와 관련해서입니다."

"무슨 말인지 이해하기가 힘들군요."

"박두칠이라는 사람 아시지요?"

"네."

"지금 그 사람 구속 수사하고 있지 않습니까?"

"그런데요."

"그 사람 때문에 검사실을 도청했다는 얘깁니다."

"도대체 누가요?"

"그 특수부대에서요."

"하하, 이해할 수 없군요. 미군 특수부대에서 일개 형사범의 수사와 관련해 나의 방을 도청한다니."

　장 검사는 상대의 정체가 불분명해 전혀 개의치 않는다는 표정을 지었지만 사실 속으로는 머리가 쭈뼛 서는 듯했다. 이 방문객은 어떻게 박두칠의 이름을 정확하게 알고 있으며 그를 구속 수사하는 것까지 알고 있단 말인가. 하지만 장 검사는 박두칠이 무슨 수작을 부릴지도 모른다는 생각에 전혀 관심 없는 듯한 태도를 유지했다.

　"정확하게는 로저라는 이름을 가진 자가 그 특수부대의 장비를 이용했다고 해야 맞을 겁니다."

　장 검사는 깜짝 놀랐다. 그리고 이 말에는 장 검사도 어쩔 수 없이 노골적인 관심을 보일 수밖에 없었다.

　"로저? 그런데 어떻게 그 사람을 알지요?"

　"우리는 역으로 그들을 도청하고 있습니다."

　"뭐라구요? 미국의 도청 기관을 역으로 도청한다구요?"

　"그렇습니다. 하지만 자세한 대답을 할 수 없는 점을 이해하십시오. 하여튼 로저라는 외국인이 특수부대의 장비를 빌려 검사님을 도청한 것만은 틀림없습니다."

　"내 방에 도청기가 설치되어 있다는 말입니까?"

　"그건 알 수 없어요. 아마 그보다는 좀 더 첨단 기술을 쓰지 않을까 싶군요."

　"첨단 기술이라면?"

"초음파나 레이저 말이지요. 인공위성의 지원을 받아서 말입니다."

"믿어지지 않는군요."

"하지만 믿어야 합니다. 저는 이만 가겠습니다."

"당신은 누굽니까?"

"저는 어떤 분의 심부름을 왔을 뿐입니다."

"누구의 심부름입니까?"

"그분은 자신을 밝히기를 원하지 않으셨습니다."

"명함이라도 한 장 주시지요."

"저는 명함이 없습니다."

방문객은 신원도 밝히지 않은 채 이상한 얘기만 남기고 자리엣 일어났다.

"어쨌든 고맙습니다."

사나이의 뒷모습을 한참 바라보던 장 검사는 사나이가 복도를 꺾자마자 바로 구내전화가 있는 곳으로 뛰어갔다.

"정문 대줘요."

정문이 나오자 장 검사는 급히 소리쳤다.

"나 공안부의 장 검사요. 좀 있으면 회색 양복을 입은 이십 대 후반의 젊은이가 나올 거요. 지금 지나는 직원 아무나 불러 기다렸다 그 사람을 미행하라고 얘기해주시오."

"네! 검사님. 알겠습니다."

검사실로 올라온 장 검사는 직원들과 함께 온 방을 헤집으면서 도청기가 설치되었는지 살폈다. 그러나 도청기를 찾아낼 수는 없었다.

"음."

장 검사는 자신도 모르게 눈길을 들어 멀리 하늘을 바라보았다. 저 하늘 깊숙이 숨겨져 있는 인공위성에서 자신을 도청했다는 방문객의 말이 도저히 실감나지 않았다. 하지만 정황으로 봐서는 믿지 않을 도리가 없었다.

장 검사는 소파 깊숙이 몸을 묻었다. 자신이 소설가 이정서의 피살과 관련해 로저를 의심하는 것은 사실이지만 바로 그 사실 때문에 자신이 로저에게 도청당했다는 사실에는 경악하지 않을 수 없었다.

곰곰 생각을 거듭하던 장 검사는 저들이 베이징의 위안 검사를 도청하다 자신에게로 도청 마이크를 옮겨왔을 수도 있다는 생각이 들었다. 그러니까 박두칠과 관련해 자신을 도청할 수도 있지만 만약 그게 아니라면, 또 하나의 강력한 가능성은 이정서 살인 사건을 수사하는 위안 검사를 감시하다 자신에게로 도청의 고리가 연결되었을 수도 있는 것이었다.

'이정서 사건의 배후가 이리도 복잡하단 말인가?'

로저의 정체

한동안 고민하던 장 검사는 마침내 전화기를 들고 버튼을 눌렀다.

"국가안보보좌관님 부탁합니다. 서울지검 장민하 검사입니다."

검사라는 신분에 수화기 건너편의 아가씨는 이내 행정관에게 전화를 넘겼다.

"장민하 검사라구요? 무슨 일입니까?"

"한 사람의 행방과 관련해 잠시 여쭤볼 일이 있습니다."

"구체적으로 얘기해보세요."

장 검사는 자초지종을 소상히 얘기했다.

"아, 그분 말이군요. 알고 있습니다. 저와 통화했어요."

장 검사는 잘됐다 싶은 기분이 들었다. 아무래도 안보보좌관을 상대로는 마음대로 물어볼 수 없는 터라 행정관과 얘기하는 게 훨씬 나을 것이었다.

"그분과 통화하게 된 경위를 좀 설명해주시죠."

"음, 언젠가 그분이 전화를 걸어왔어요. 우리 여직원이 받았지요. 보좌관님과 통화를 하고 싶어한다고 했어요."

"그래서 통화를 하셨나요?"

"아닙니다. 우선 제가 받았습니다. 보통 그런 전화는 무시하지만 이름 있는 작가이기 때문에 막무가내로 전화를 안 받을 수는 없다고 생각했습니다. 무슨 내용인지 들어보고 제가 요약해 보고를 드리려 했어요."

"그랬겠군요."

"그분은 이라크 파병 문제와 북한 핵 문제를 동시에 풀 수 있는 묘안이 있다고 하더군요."

장 검사는 고개를 끄덕였다. 이정서의 중단된 원고 맨 마지막에 있는 내용이었다.

"그래서요?"

"설명해보라고 했더니 그분은 보좌관님과 직접 대화를 해야 한다고 하시더라고요. 이런 경우 저는 건성으로 대답하고 맙니다. 모든 전화를 다 연결시킬 수는 없는 일이니까요. 대략 얼버무린 후 그쪽 번호를 받고 전화를 끊어버렸어요. 그런데 그분이 보좌관님과 안면이 있다고 하던 말이 생각나 약간 망설였어요. 혹시 나중에라도 그분이 보좌관님께 물어볼지 모른다는 생각에 보좌관님께 전해드렸어요. 보좌관님은 오후에 들어오시자마자 그분에게 전화를 연결시키라고 하시더군요. 두 분은 잠시 대화를 나누시고 이내 전화를 끊었습니다."

"그 대화의 내용은 모르시구요?"

"네. 보좌관님은 그분의 얘기를 경청하시는 것 같았어요."

"알겠습니다. 그 후로 다시 전화가 오지는 않았습니까?"

"아니, 그게 처음이자 마지막입니다. 그런데 왜 그러시죠? 그분에게 무슨 문제라도 있습니까?"

"아닙니다. 별것 아닙니다."

장 검사는 굳이 이정서의 피살 소식을 알릴 필요가 없다는 생각에 잠자코 전화를 끊고는 이정서가 남긴 원고를 펴 들었다.

이정서.

그는 참으로 엉뚱하고도 신비한 인물이라는 생각이 끊임없이 장 검사의 뇌리를 휩싸고 돌았다. 장 검사는 다시 한 번 이정서가 두 사람에게 전화를 거는 장면이 있는 맨 마지막 페이지를 펴 들었다. 한 사람은 대통령안보보좌관이었고, 또 한사람은 뉴욕에 있는 류삼조 박사였다.

'이 사람이 안보보좌관과 통화한 것이 사실이라면 뉴욕에 간 것은 류삼조 박사라는 사람을 만나러 간 것인가?'

장 검사는 이제 한 살인 사건의 수사라는 업무 영역을 넘어 이정서라는 인물에 대한 궁금증으로 온몸이 달아오를 지경이었다. 소설대로라면 이정서는 북한 핵과 이라크 문제를 동시에 해결하기 위해 움직이다 살해되었을 가능성이 있다. 그는 비록 소설이지만 대안 없이 미국에 마냥 끌려만 가는 현실에 대해 무엇이 되었든 강한 목소리를 내고 있었다. 장 검사는 어쩌면 이 사건이야말로 정치적으로 매우 민감할지도 모른다는 생각이 들었다. 이정서라는 사람은 생각이 뚜렷한 만큼 정치적인 적도 많았을 터였다.

그러나 누가 일견 이 엉뚱해 보이는 생각을 실행에 옮기려 하는 이 엉뚱한 사나이를 살해하기까지 했을까. 당장 떠오르는 사람은 위안 검사가 얘기한 로저 스파이베이였다.

그러나 로저에 대해 수사를 할 수 있는 아무런 단서도 자신은 갖고 있지 못했다. 박두칠에 대한 조사에 의하면, 이 사람은 10 · 26에 어떤 형태로든 관련되어 있는 듯했다. 하지만 그건 과거의 일에 불과했다. 자신에게는 지금 현재 일어난 살인 사건과의 관련성이 필요할 뿐이었다. 지금 그는 이십사 년 만에 공무로 와서 육군의 한 중요한 인물을 만났다. 그러면 그 인물의 진술을 들어야 한다. 간단하고 직선적으로 생각하던 장 검사는 김태천 소장의 전화번호를 찾았다.

"율곡부대장 김태천입니다."

전화선을 타고 나오는 목소리는 굵고 힘이 있었다.

"서울지검의 장민하 검사입니다. 로저 스파이베이와 관련해 아시는 것이 있으면 좀 듣고 싶어 전화를 드렸습니다."

"로저?"

저쪽에서 순간적으로 멈칫하는 기색이 느껴졌다. 그러나 이내 단호한 목소리로 물어왔다.

"서울지검의 검사? 무슨 일이오?"

장 검사는 몸을 약간 뺐다.

"베이징에서 한국인이 피살됐는데, 로저 스파이베이가 베이징 검찰에 의해 용의 선상에 있습니다."

"그런데 어째서 내게 전화를 하는 거요?"

"베이징 검찰의 요청에 따라 탐문 수사를 하던 중 로저가 장군님과 만난 적이 있는 사실을 탐지하고 전화를 드렸습니다."

"호오, 그래요. 대한민국 검찰은 대단하군. 그림자처럼 움직이는 CIA 요원의 움직임을 앉아서 파악하다니 말이오."

김태천 장군의 입에서 결정적인 단어가 튀어나왔다. 짐작은 하고 있었지만 로저의 정체가 완전히 드러나는 순간이었다.

"그가 CIA입니까?"

수화기 저쪽에서는 잠시 멈칫했다가 이내 굵은 음성을 내보냈다.

"그렇소. 그걸 몰랐소?"

"몰랐습니다."

"장 검사라 그랬소? 당신은 왔다 갔다 하는 사람이군. 그가 나와 접촉한 것은 꿰고 있으면서, 그가 CIA 요원이란 건 모르고 있다니. 아무튼 전화상으로 할 얘기는 아닌 것 같소."

"찾아뵐까요?"

"그렇게 하시오. 토요일에 부대로 오시오."

"부대가 어딘지……."

"강원도 고성이오."

막상 전화는 했지만 장 검사는 사실 속으로 뭔가 켕기는 것 같은 기분을 감출 수 없었다. 장 검사는 이정서의 죽음에 대해 자신이 수사를 해야 한다는 생각이 강하게 들었지만 기실 이 사건은 함부로 건드릴 수도 없거니와 건드려봐야 좋을 게 하나도 없는 그런 사건이었다.

검사로서의 앞날을 생각하면 마땅히 무시하고 지나가야만 한다. 그러나 자신이 포기하면 아무도 이런 일에 달려들지 않을 거라는 생각이 장 검사의 뇌리에 떠올랐다. 그렇다면 실체적 진실은 땅에 묻히고 만다.

장 검사는 얼마 전 만났던 오 검사를 떠올렸다. 사건의 성격상 이 사건도 그가 맡았던 그런 사건일 가능성이 컸다. 자칫하면 검사로서의 자존심에 큰 상처를 입을지 모른다는 생각이 들었다.

'간단히 생각하자. 모든 정치적 판단을 배제하자. 나는 검사로서 실체적 진실의 발견에만 나의 모든 노력을 경주할 뿐이다. 이정서라는 인물이 베이징에서 살해되었고, 베이징 검찰은 그 용의자로 스파이베이를 주목하고 있다. 나는 용의자를 쫓을 뿐이다. 비록 대하기 거북한 육군의 장군이라도 만나야만 한다.'

장 검사는 수사 개시 보고에 관한 서류를 급히 작성해 부장실 문을 두드렸다.

"그러니까 장 검사는 이 로저라는 CIA 요원이 살인 사건과 모종의 관련이 있고, 따라서 그를 추적하겠다는 얘기군."

"그렇습니다. 모종의 관련이 아니라 직접적인 관련이 있을 가능성이 있습니다."

"속단하지는 말게."

부장은 장 검사가 들고 온 서류가 무척이나 부담스러운 눈치였다. 하긴 그도 그럴 것이, 고등 검찰관인 장 검사도 앞날과 관련해 그렇게나 고민스러웠던 사건인 만큼 부장에게는 훨씬 더 할 것이었다.

"어떻든 베이징에서 일어난 사건이 아닌가?"

"그렇습니다. 하지만……."

"알아, 장 검사의 뜻은 내가 알아. 하지만……."

부장은 못내 못마땅한 표정이었다. 오랜 세월 사건을 접하고 수사하면서 살아온 그는 벌써 사건 서류가 접힌 형태만 보아도 사건의 기승전결에 대한 답이 나오는 모양이었다.

"쉬운 사건이 아니란 건 저도 잘 알고 있습니다."

"음, 생각해보겠네. 연락할 테니 가서 기다리게."

"알겠습니다."

장 검사는 사무실을 나오면서 부장으로부터 연락받을 가능성은 없을 거라는 생각을 했다. 부장이 사건을 뭉개는 전형적 방법 중 하나가 서류는 받아놓고 지침을 주지 않는 것이었다. 그러면 자연히 자신의 뜻이 전해진 것이라고 생각하는 부장이었다.

장 검사는 부장의 뜻을 충분히 알 수 있었다. 신분상의 앞날도 앞날이지만 이 사건은 우선 수사하기가 무척 어려웠다. 누구를 상대로 어떤 수사를 해야 할지 선뜻 감이 잡히지 않는 데다가 상대는 미국의 정보부 요원이었다. 게다가 지금은 육군의 장군을 만나야 한다. 누가 봐도 긁어 부스럼 만들기 딱 좋은 사건이라 부장이 쉽사리 허락할 리 없었다. 장 검사는 다시 고민하기 시작했다.

처음과 똑같은 과정을 거쳐 장 검사가 도달한 결론은 역시 마찬가지였다. 부장으로부터 연락이 올 리는 만무했기에 장 검사는 혼자 일을 진행해야겠다고 단단히 결심하고는 소파에 몸을 기댔다. 누군가 어색한 자세로 옆에 와서 서자 장 검사는 눈을 들어 올려다보았다. 아는 얼굴이었다.

"검사님, 저 형사 2부의 최백호입니다."

"어, 최 수사관. 웬일이오?"

"아까 정문을 지나다 수위로부터 검사님이 누군가를 미행하라고 한다는 얘기를 듣고 그 사람을 미행했습니다."

"아, 그랬어요? 마침 최 수사관이 지나가고 있었군요."

"그런데 죄송합니다."

"왜? 실패했어요?"

"남산 쪽으로 올라가기에 거기까지는 따라갔는데, 거기서 그만……."

"놓쳤단 얘기군요."

"네. 후암동 부근인데 골목이 복잡해서……. 바싹 뒤따르면 의심할까 봐, 약간 거리를 두었더니……."

"알겠어요. 수고했습니다."

장 검사는 다시 부장의 방문을 두드렸다.

"부장님, 토요일이 김태천 장군을 만나기로 한 날입니다."

"으음."

부장은 전보다 한층 거북한 표정을 내비쳤다.

"아무래도 이 사람을 한번 만나야 할 것 같습니다."

"결국 수사를 하겠다는 뜻인가?"

"일단 한번 만나보겠습니다. 도움 되는 얘기를 들을 수 있는지는 모르겠지만 만나볼 필요는 있을 것 같습니다."

"장 검사, 검사가 군인을 수사할 순 없는 거 아닌가?"

"네. 하지만 상대가 호의로 대답할 수도 있는 일입니다."

"당신은 자꾸 문제를 복잡하게 만들어. 검사가 현직 장군을 만나 도대체 뭘 어쩌자는 건가?"

"하지만 이 사건은 비록 베이징에서 일어나긴 했어도 동기가 모두 여기서 만들어진 사건입니다. 게다가 미국의 정보부 요원이 개입되어 있습니다."

"그런 불분명한 일로 육군의 장군을 만난다? 나는 마음이 그리 편치 않아."

"저는 수사해야 한다고 생각합니다."

"그래? 그럼 당신 마음대로 해. 나는 도움이 돼줄 수 없으니."

"알았습니다."

의자를 돌려버리는 부장을 뒤로하며 장 검사는 이를 앙다물고 부장의 방을 나왔다.

뜻밖의 구원자

아기를 등에 업은 강철민 중좌는 누가 봐도 영락없는 탈북자였다. 게다가 신분증이 없으니 검문을 받기만 하면 체포될 것은 명약관화한 일이었다. 아니나 다를까, 기차를 타고 베이징 쪽으로 가는 게 낫겠다고 판단한 강철민 중좌가 역에 나갔을 때였다.

"이봐, 이리 와!"

역에 개미 떼처럼 나와 있던 형사 중 하나가 강철민 중좌를 발견하고 대뜸 불렀다.

"왜 그러시오?"

강철민 중좌는 애써 태연한 척하며 세게 나갔다. 간부학교에서 중국어를 어느 정도 익혀둔 것이 다행이라면 다행이었다. 북한에서라면 어느 정도 들어먹힐 수법이었지만 중국에서는 사정이 판이하게 달랐다. 게다가 남자가 아기까지 업고 있으니 의심의 눈초리를 피할 길이 없었다.

"이리 와! 너 조선 놈이지?"

"아니야. 중국인이야."

"그래? 그럼 증 줘봐!"

강철민 중좌는 순간 당황했다. 주변에는 온통 형사들이라 칼은 감추고 있지만 여기서 쓸 계제는 아니었다.

"이런, 신분증을 두고 왔군."

그러나 그 방법이 통할 수가 없었다. 국경 부근의 조그만 마을이라 형사들은 누가 누군지 훤히 아는 실정이었다.

"그래, 신분증을 두고 왔어? 그럼 어디 사는지만 대봐."

형사는 벌써 수갑을 꺼내고 있었다. 그냥 끌려갈 수 없다고 판단한 강철민 중좌는 먼저 곁눈으로 도주로를 살폈다. 약간이라도 뚫린 길이 있으면 상대를 치고 내빼야 하는 상황이었다. 그러나 아기까지 업은 강철민 중좌로서는 성공할 확률이 거의 제로 퍼센트라는 것을 누구보다 잘 알고 있었다. 하지만 그냥 있을 수도 없었다. 부대를 그 지경으로 만들어놨으니 끌려가기만 하면 온갖 고문 끝에 죽는 길밖에 없었다. 강철민 중좌의 눈이 반짝 빛을 발하는가 싶더니 상대가 수갑을 내미는 순간 전광석화 같은 속도로 손이 품으로 들어갔다.

"잠깐!"

다음 순간 강철민 중좌는 등 뒤에서 들려온 목소리에 움찔하며 손을 급히 거두어들였다.

"뭘 하는 거야?"

강철민 중좌의 이해할 수 없는 이상한 동작을 본 형사가 웃기다는 듯 코웃음을 치면서 강철민 중좌의 등 뒤에 서 있는 두 사람에게 경례를 붙였다.

"근무 중 이상 없습니다, 서장님."

"뭐야?"

"여기 사는 자가 아닙니다. 우리 말은 좀 하지만 탈북자 같습니다."

"그래?"

서장이 옆에 서 있던 선글라스에게 눈짓을 하자 선글라스는 고개를 끄덕였다.

"당신이 찾는 사람이 맞단 얘기요?"

"그렇소."

"알겠소."

서장이 형사에게 눈짓으로 저리 가라는 신호를 하자 형사는 재빠른 동작으로 경례를 붙이고는 사라졌다.

"강철민 중좌, 반갑소. 나는 홍콩에서 온 펑 더 화요."

강철민 중좌는 놀라지 않을 수 없었다. 바로 이 지역의 경찰서에서 아무렇지도 않다는 듯 바라보고 있는 서장이나 이해할 수 없었다. 강철민 중좌는 그가 혹시 특별공안이 아닌가 생각했지만 홍콩에서 왔다면 그럴 리가 없었다.

"강 중좌, 우선 기차를 탑시다. 형사들이 좍 깔렸으니 서장이 기차 안까지 안내하는 게 좋겠소."

"그렇게 합시다."

서장은 시원스레 대답하고는 형사 하나를 불러 음료수와 우유를 사 오도록 시켰다.

"일등칸으로 가져와!"

"넵."

서장과 선글라스는 강철민 중좌 앞에 서서 걸었다. 강철민 중좌는 그들의 뒤를 따라 걸으면서도 이 괴이한 현상을 어떻게 해석해야 할지 알 수 없었다. 상황으로 보아서는 홍콩에서 온 선글라스가 서장의 협조를 얻어 자신을 어디론가 데리고 가는 모양인데, 도무지 선글라스의 정체를 알 수가 없었다. 아는 얼굴 하나 없는 이 망망한 중국 대륙에서 자신을 기다렸다 데려가는 사람. 선글라스만 벗으면 아직 삼십대 초반에 불과한 젊은 사람이었다.

서장은 일등칸 앞에서 걸음을 멈추었다.

"펑 선생, 여기로 들어가시오."

"선양까지 그냥 가는 거요?"

"그렇소. 선양에서는 비행기로 간다 그랬잖소?"

"맞아요. 서장, 고맙소."

"고맙기는요. 저우 선생님께 안부 부탁합니다."

"이를 말이오. 저우 형님께서는 서장의 이번 도움에 감동하실 거요."

"평소 입고 있는 저우 선생님의 은혜에 비하면 아주 작은 일인걸요."

서장은 형사가 부리나케 사 들고 온 음료수와 우유를 강철민 중좌에게 안겼다. 강철민 중좌는 가볍게 고개를 숙이며 음료수를 받았다.

"가만, 선양까지는 꽤 가야 할 텐데 그동안 어린 아기가 울고 보채면 어떻게 하나? 서장, 선양까지 가는 동안 아기를 봐줄 수 있는 여자를 하나 실어주시오."

"알겠소."

강철민 중좌가 손을 저었다.

"아니, 그럴 필요 없습니다. 내가 보면 돼요."

"아니, 강 중좌. 그냥 있으시오. 서장이 괜찮은 여자를 하나 실어줄 거요."

선글라스에 이어 서장이 자신 있는 어투로 말했다.

"강 중좌, 아주 괜찮은 여자를 실을 테니 걱정 마시오."

그는 말을 마치자 바로 형사 하나를 불러 아기 봐줄 여자 한 사람을 실을 것과 여자가 올 때까지 기차를 출발시키지 말도록 지시했다.

강철민 중좌는 입을 다물고 있었지만 선글라스에 대한 궁금증이 더욱더 짙게 피어올랐다. 비록 경어는 쓰고 있지만 실제로는 나이 든 서장을 마음대로 부리는 거나 다름없었다.

잠시 후 여자가 오르자 서장은 바로 기차를 출발시켰다. 기차가 떠날 때까지도 불안감을 어쩌지 못하고 있던 강철민 중좌는 기차가 마을을 완전히 벗어나자 비로소 안심했다.

"왜 나를 구해주는 거요?"

강철민 중좌가 선글라스에게 묻자 선글라스는 자리에서 일어나며 강철민 중좌를 밖으로 불러냈다.

"아기는 여자가 있으니 안심하시오. 식당칸에 가서 맥주나 한잔합시다."

강철민 중좌도 차분한 인상의 젊은 여자라 일단 안심이 되어 고개를 끄덕였다.

식당칸에 자리를 잡고 앉자 선글라스는 종업원에게 맥주와 함께 몇 가지 요리를 시켰다. 불친절하기 짝이 없는 종업원이 요리는 한 사람 앞에 한 가지밖에 안 된다고 대답하자 선글라스는 대뜸 지폐 몇 장을 꺼내 종업원에게 주었다. 종업원은 태어난 이래 이처럼 많은 돈은 처음 받아본다는 듯 흥분한 얼굴로 고개를 숙이더니 더 주문하실 것이 없는지 묻고는 원래의 주문을 받아 황급히 돌아갔다.

"자, 한잔하시오."

선글라스가 찬 맥주를 강철민 중좌의 잔에 따르고는 자신의 잔에도 따르더니 건배 제의를 했다.

"생환을 축하하며!"

"고맙소!"

강철민 중좌는 잔을 부딪친 후 차디찬 맥주를 단숨에 쭈욱 들이켰다. 비로소 이 세상으로 다시 돌아온 느낌이었다. 그러자 바로 아내 생각이 났다. 강철민 중좌는 눈물이 나려는 걸 억지로 참았다. 대신 마음속으로 굳게 맹세했다.

'여보, 아기는 내가 최선을 다해 키우겠소. 이제 숨을 좀 쉴 것 같구려.'

정말 그랬다. 이제야 숨을 좀 쉴 것 같았다. 그리고 안심해도 될 것 같았다. 비록 짧은 시간이었지만 선글라스가 보여준 실력은 강철민 중좌를 안심시킬 만한 것이었다.

"이 은혜를 어떻게 갚아야 할지 모르겠소."

"하하, 나는 심부름을 할 뿐이오. 은혜를 갚으려면 저우 형님께 갚아야 할 거요."

"저우 형님이란 분은 누구요?"

"물론 세계적인 인물이오. 홍콩에 계시지만 세계의 일에 다 관여하고 있소."

"정치인이오?"

"정치? 물론이오. 정치에도 관여하고 사업, 문화 할 것 없이 세상에서 일어나는 모든 일에 관여하는 분이오."

"그런데 왜 일면식도 없는 나를 구해주는 거요?"

"나는 그런 건 알 수 없소. 그저 심부름을 할 뿐이오."

"그런데 아까 서장을 움직이는 걸 보니 보통 솜씨가 아니던데……."

"하하, 시골 서장 하나 못 움직이면서 어떻게 저우 형님의 심부름을 할 수 있겠소? 저우 형님은 주석도 움직일 수 있는 분인데."

강철민 중좌의 궁금증은 점점 더해갔다. 도대체 저우라는 사람은 누구이기에 완전히 죽은 목숨이었던 자신을 이렇게나 쉽게 구해낸단 말인가? 그리고 그 의도는 뭐란 말인가?

"그럼 우린 홍콩으로 가는 거요?"

"그렇소. 저우 회장님이 거기서 기다리고 계시니까."

홍콩으로

　기차는 밤새 달리고 다시 반나절을 더 달려서야 선양 역에
도착했다. 강철민 중좌는 아기를 돌봐준 여자에게 허리를 숙
여 고마움을 전했다.
　"아기가 정말 예뻐요. 그런데 엄마는 어디 있어요?"
　강철민 중좌는 말없이 고개를 가로저었다. 여자는 가슴이
아픈 듯 얼굴을 찡그리고는 아기에게 작별의 키스를 했다.
　"안녕 아가야. 여행 잘하렴."
　선양 역에서는 선글라스의 부하들이 차를 대기시켜놓고 기
다리고 있었다.
　"공항으로 곧장 가자!"
　"네, 형님."
　세 대의 차가 같이 움직이는 걸 보고 있는 강철민 중좌의
뇌리에 다시 저우라는 사람의 정체가 꿈틀거렸다.
　선양 공항에서 뜬 비행기는 세 시간 후에 홍콩의 첵랍콕 공

항에 내렸다. 같은 중국이지만 홍콩 이외의 지역에서 들어오는 모든 여행객은 입국 신고를 해야 했다. 강철민 중좌는 자신과 아기가 중국 이름으로 이미 여권이 발급되어 쉽사리 입국검사대를 통과하자 또다시 저우라는 인물에 대해 생각하게 됐다. 과장이 좀 됐을지 모르지만 홍콩에 앉아 중국의 주석을 움직인다는 그 사람의 정체와 자신의 연관성에 깊이 빠져 있을 때였다. 한 여자가 다가와 선글라스에게 인사하자 선글라스는 기다렸다는 듯 반색을 했다.

"강 중좌, 여기 아기를 맡아줄 여자요. 팅 페이. 미모도 미모지만 마음씨가 참 예쁜 여자요."

강철민 중좌는 이십대 중반으로 보이는 여자에게 아기를 넘겨주었다.

"제가 잘 보살필게요."

여자가 아기를 가슴 깊숙이 품어 안는 것을 보자 강철민 중좌는 적이 안심이 되었다. 이런 여자를 미리 준비해둔 것 역시 그의 힘을 보여주는 것이라 강철민 중좌는 이제 은근히 저우라는 사람에 대해 신뢰와 더불어 존경심까지 묻어나는 것을 느낄 수 있었다.

"자, 팅 페이, 강 선생은 먼저 가볼 곳이 있어요. 볼일을 보신 후 밤에 숙소로 가시거나 내일 가실 테니 그동안 아기는 팅 페이가 잘 맡아줘요."

"알겠습니다. 강 선생님, 최선을 다해 보살필 테니 걱정 마시고 볼일 보세요."

"네, 고맙습니다."

강철민 중좌는 참으로 마음이 편안해지는 것을 느꼈다. 그는 자신감이 되살아나 힘찬 목소리로 선글라스에게 말했다.

"자, 갑시다."

자신 있는 목소리만큼이나 그는 무엇이든 할 수 있을 것 같았다.

선글라스는 강철민 중좌를 페닌술라 호텔의 중국 식당으로 안내했다.

"홍콩 제일의 식당이니 중국 제일의 식당이오. 오늘 밤은 저우 형님께서 그간의 고생과 고통을 위로하시겠다며 직접 오신다고 그랬소."

세 사람의 주방장이 직접 식탁에 나와 요리를 챙겨주는 식단은 그야말로 눈이 튀어나올 지경이었다. 모두 희귀한 것들로만 도배되어 있어 강철민 중좌는 도대체 무엇부터 손을 대야 할지 모를 지경이었다.

"자, 마음껏 드시오."

"그분이 오시고 나서 먹는 게 낫지 않겠소?"

"아니요. 저우 형님께서는 지금 아시아 어느 나라의 수상과 식사 중이오. 두 분은 절친한 관계요. 행사가 끝나면 바로 오실 테니 먼저 한잔하고 있으라 그랬소."

두 사람의 식사를 위해 세 사람의 요리사가 방에 들어와 거들어주는 호화스러운 분위기는 강철민 중좌를 거북하게 했지만 강철민 중좌는 눈앞에 펼쳐진 신세계를 받아들여야만 한다고 생각했다. 그것은 자신보다는 아기를 위한 선택이었다. 강철민 중좌는 산해진미를 뜨면서도 자신은 아내의 죽음과 함께 이미 버려진 목숨, 아이를 위해서는 무엇이든 하리라고 다시 한 번 마음을 다잡았다.

"회장님께서 드십니다."

식사 도중 갑작스럽게 들이닥친 저우 일행을 대하자 강철민 중좌는 입을 씻고 자리에서 일어났다.

"아니!"

강철민 중좌는 깜짝 놀라지 않을 수 없었다. 저우와 함께 걸어 들어오는 사람은 다름 아닌 허세철 상장이었다.

"강철민 중좌!"

"상장님!"

강철민 중좌는 일이 어떻게 돌아가는지 알 수가 없었다.

"먼저 인사 나누시오. 여기는 삼합회의 회주 저우 허 양 회장이오. 저우 회장, 여기는 북조선 최고의 살수 강철민 중좌요."

"강 중좌, 반갑소. 고통스러운 여행에 대해서는 가슴이 아픕니다."

저우 회장은 뜻밖에도 아주 겸손한 사람이었다. 강철민 중
좌는 첫눈에 저우 회장의 스타일이 마음에 들었다.

"은혜에 깊이 감사드립니다."

"차린 것은 좀 드셨습니까?"

"네. 산해진미더군요."

"그랬습니까?"

일동이 자리에 앉고 술이 한 순배 돌아가자 허세철 상장이
입을 열었다.

"아내의 일은 충격적이었네. 나도 불과 며칠 전에야 혐의가
완전히 풀렸어. 지도자 동지는 이제 완전히 정신이 나갔어."

"……."

"더 이상 공화국을 지도자 동지에게 맡겨둘 수는 없어. 인
민의 고통이 하늘을 찌르고 미래는 없네. 강철민 중좌도 탈
출하면서 목격했겠지만 인민은 짐승보다 못한 생활을 하다
비참하게 목숨이 끊기고 있어."

강철민 중좌는 고개를 끄덕였다. 허세철 상장의 정체가 무
엇이었건 간에 김정일 지도자 밑에 있는 인민에게는 오직 신
음만 있을 뿐 희망이란 전무했다.

"김정일을 없애지 않는 한 북조선의 미래는 없어. 강철민
중좌, 생각해보시오. 국가란 게 뭐요? 인민의 생명과 재산을

보호해야 하는 거 아니오. 그러나 지금 인민들에게는 국가가 없어진 지 오래요. 오히려 인민들은 국가의 탄압과 절대적 빈곤을 피해 모두 뿔뿔이 흩어져 자신의 삶을 겨우 유지하고 있소. 반면 지도자는 자신의 권력을 유지하고자 모든 혜택을 군부에만 주고 있소. 이 상황은 뭘 말하는 거요? 인민의 불만이 높아질수록 인민은 군부의 적이 되는 거 아니오? 이대로 가다간 군부에 의한 인민의 대학살은 불을 보듯 뻔해."

허세철 상장은 단언했다. 강철민 중좌는 고개를 끄덕였다. 자신이 부대에 있는 동안 강경파들이 늘 당국의 우유부단한 정책이 인민의 불평불만을 키운다고 하던 게 생각났다.

'모조리 잡아넣고 극형에 처해봐, 제까짓 놈들이 찍소리나 내나.'

"김정일이 살아 있는 한 대살육은 불을 보듯 환한 거요."

"저도 그렇게 생각합니다."

평양에 있을 때는 상황이 그렇게 심각한 줄 몰랐지만 얼마간 탈북자 생활을 하다 보니 인민의 비참한 처지가 온몸으로 느껴지던 참이라 강철민 중좌는 또렷한 목소리로 대답했다.

"자, 강철민 중좌. 여기 저우 회장은 우리 북조선의 상황에도 관심을 많이 가져주는 분이오. 강철민 중좌는 이미 간첩죄로 이대로는 북조선에 들어올 수 없소. 뭔가 변화가 생기면 그때 강철민 중좌의 거취에 대해 의논합시다. 그때까지는 저우 회장이 강철민 중좌의 뒤를 봐줄 거요."

저우 회장은 말없이 고개를 끄덕였다.

—

조작된 범인

"위안 검사?"

"네. 주임님."

"오늘 저녁 약속 있소?"

"아, 아닙니다."

위안 검사는 베이징 시 정치주임이 전화를 걸어와 약속이 있는가를 묻자 차마 있는 그대로 대답할 수 없었다.

"그러면 저녁이나 같이합시다."

"알겠습니다."

전화를 끊은 위안 검사는 서둘러 선약을 취소하고 하루 종일 시계만 보다 저녁이 되자 얼른 옷을 챙겨 입고 사무실을 나섰다. 약속한 식당으로 먼저 가서 기다리던 위안 검사는 정치주임이 들어오는 모습을 보고 자리에서 벌떡 일어났다.

"앉으시오."

주임은 손으로 내저어 위안 검사를 자리에 앉히고는 자신도 편안한 자세로 앉았다.

"위안 검사는 요리를 좋아한다면서."

"네, 아, 아니 약간……"

"나도 요리가 좋소. 오늘 푸짐하게 한번 먹어봅시다."

주임은 두 사람이 먹기에는 꽤 많은 요리를 시키더니 먼저 술이 나오자 위안 검사에게 한 잔 따랐다. 위안 검사는 얼른 들이켜고 잔을 머리 위에서 턴 다음 주임에게 잔을 넘겼다.

"건배!"

주임은 혼자 잔을 눈높이로 들고 건배를 외친 다음 역시 단숨에 털어넣었다. 이어 요리가 나오고 술이 거나해지자 주임은 본론을 꺼냈다.

"몇 년 전 당은 장 쩌민 주석의 전용기를 미국의 보잉사에 주문했소."

위안 검사는 무슨 얘긴가 싶었지만 고개를 끄덕였다. 상대는 자신과는 감히 비교조차 할 수 없을 정도로 까마득한 지위에 있는 사람이었다.

"그런데 인도되어 온 전용기를 검색하는 과정에서 당은 초정밀 도청기를 찾아냈소. 장 주석의 전용기 안에서 말이오."

"알고 있습니다."

주임은 위안 검사에게 의미를 알 수 없는 눈길을 한 번 던지고는 다시 얘기를 계속했다.

"당은 크게 고민했소. 주석의 전용기에 도청이라니. 몇몇 과격한 장성은 미국놈들의 간교함을 탓하다 못해 당장 타이완을 치자는 주장도 했지만……."

"죽일 놈들이군요."

"당은 애써 냉정을 유지했소. 왜냐하면 우리에게는 갈 길이 있기 때문이오."

"어떻게 처리했습니까?"

"CIA는 우리가 발끈해 미국과 냉전 상태에 들어가기를 바랐지만 당은 그들에게 말려들지 않았소."

"……."

"리 펑 동지가 나서서 자신의 정치적 암투의 일환으로 그런 짓을 저지른 걸로 하자고 제안했소. 그러면 미국과 냉전에 들어가지도 않고 자존심을 상하지도 않은 채 일을 매듭지을 수 있다는 얘기였소. 우리는 참으로 감동했소. 역시 노영웅이 다르긴 다르구나 하는 생각을 했소."

"왜 미국의 소행이라고 터뜨리지 않았습니까? 그러면 놈들은 세계적으로 창피를 당할 텐데요."

"우리에게는 경제가 더 중요했소. WTO 회원국이 되는 게 더 급했단 말이오. 이제 무슨 말인지 알아듣겠소?"

"아, 네, 네."

"마찬가지의 일을 위안 검사가 해줘야겠소."

"네?"

"지금 수사하는 사건 중에 한국인 피살 사건이 있잖소?"

"네. 있습니다."

"그건 미국놈들이 저지른 사건이오."

"네, 저도 그렇게 짐작하고 있습니다."

"그걸 묻어요."

"네?"

"묻어버리란 말이오. 리 펑 총리처럼."

"아, 네. 하지만……."

"하지만 뭐요?"

"이미 한국의 장민하 검사에게 미국인들이 용의자라고 귀띔해줬습니다."

"한국 검사에게?"

"네."

주임의 눈꼬리가 올라갔다.

"왜 그런 쓸데없는 짓을 했소?"

"아는 사람이라……. 이런 일이 있을 줄은 모르고……."

주임은 잠시 생각에 잠겼다.

"음, 그럼 할 수 없군. 다른 놈을 범인으로 내세워 사건을 끝내시오."

"네?"

"무슨 말인지 모르겠소? 범인을 조작하라는 말이오."

"아, 네. 하지만……."

"당 중앙에서 내려온 명령을 거역하겠단 뜻이오? 일개 검사가 감히?"

"아, 아니, 아닙니다. 그게 아니라 살인 혐의로 내세울 만한 피의자가 당장은 없다는 말입니다."

"범인은 없다? 그건 내가 조달하겠소."

"네?"

"내가 죽일 놈 하나 데려다주겠단 말이오."

"아, 네. 알겠습니다. 그런데 어떤 자인지 알아야……."

"어차피 죽어야 할 놈이니 양심의 가책 같은 건 갖지 마시오. 마카오의 살인왕이니까."

"왕 싸우자우 말입니까?"

"그렇소."

"아, 네. 그렇다면 저도 안심하고 일을 처리할 수 있겠습니다. 그자라면 반드시 죽여야 할 자이니까요. 그런데 그자를 잡아 오는 것도 만만치 않을 텐데……."

"당신이 걱정할 일이 아니오."

"아, 네. 알겠습니다."

중좌의 임무

홍콩.

침사추이 바다가 보이는 샹그리라 호텔 커피숍에 앉아 있던 강철민 중좌는 저우 회장이 몇몇 부하들과 함께 걸어 들어오자 자리에서 일어났다.

"강 선생, 반갑소."

저우 회장은 강 중좌를 보자마자 만면에 웃음을 띠고 악수를 청해왔다.

"회장님!"

강 중좌는 평소 저우 회장에게 큰 고마움을 느끼고 있던 터라 두 손으로 저우 회장의 손을 맞잡았다.

"아기는 잘 큽니까?"

"팅 페이 양이 잘 봐주는 덕분에 아주 잘 크고 있습니다."

"다른 어려움은 없구요?"

"물론 없습니다."

"하하, 나도 마음이 편하군요."

저우 회장은 진심으로 기분이 좋은지 입가에 웃음을 띠었다. 차 한잔을 마시고 나자 그는 주변을 물리더니 강철민 중좌에게로 바싹 다가앉았다.

"강 선생!"

"네. 무슨 분부든 내리십시오."

"좀 까다로운 놈이 하나 있소."

"말씀해주십시오."

"왕 싸우자우. 마카오에서 살인을 일삼는 놈이오. 카지노를 무대로 하는 놈인데, 막강한 현금으로 현지 군과 경찰의 비호를 받는 데다 부하들이 겹겹이 싸여 있소. 이놈을 사로잡아줄 것을 베이징으로부터 부탁받았소."

"사로잡아야 합니까?"

"그렇소. 정 안 되면 죽여도 할 수 없지만……. 베이징에서는 가급적 사로잡기를 원해요. 무슨 이유인지는 모르겠지만."

말은 이렇게 했어도 저우 회장은 일이 어떻게 돌아가는 심산인지 너무 잘 알고 있었다. 누군가를 사로잡아야 한다면 거기에는 반드시 돈이 얽혀 있기 십상이었다. 베이징의 누군가가 이자를 사로잡아 이자의 검은 자금을 모두 훑어낸 다음 처리해버릴 것이었다. 정치주임이 자신에게 이런 부탁을 해왔다면 상대방은 정치주임 이상의 인물이었다.

"알겠습니다."

"어려운 부탁을 해서 미안하오."

"아닙니다. 더 어려운 일도 저는 해낼 것입니다. 회장님의 은혜를 갚기 위해서라면 말입니다."

"아니오. 베이징의 당 중앙에서 내려온 부탁이라 나도 어쩔 수 없소. 사람은 많지만 이 일을 제대로 해낼 수 있는 사람은 강 선생뿐이란 생각에 어려운 부탁을 하게 되었소."

"해내겠습니다."

"아기는 염려 마시오."

강철민 중좌는 잠자코 고개를 끄덕였다.

다음 날 강철민 중좌는 마카오로 건너가는 페리를 탔다.

"놈은 보통 리스보아 카지노 오 층의 VIP룸에서 게임을 하곤 합니다. 그러나 거기서는 어떻게 할 수가 없습니다. 너무 많은 부하가 여기저기 흩어져 있기 때문입니다. 놈이 게임을 하러 내려오거나 게임을 마치고 올라갈 때는 엘리베이터를 이용하는데 엘리베이터가 좁아 서너 명밖엔 타지 못합니다. 이때가 기회입니다. 혹은 사우나를 할 때도 기회가 될 겁니다. 놈은 마사지를 즐기기 때문에 사우나 안의 마사지실에서 퍼져 있곤 합니다. 밖에서 지키는 부하들의 눈을 피한다면 이때도 좋은 기회입니다. 어쨌든 놈을 카지노 밖으로만 데리

고 나오면 끝입니다. 베이징에서 내려온 특수경찰이 밖에서
위장한 채 기다리고 있을 겁니다."

중국에서 강철민을 구해 왔던 선글라스는 최대한의 설명
을 하기 위해 페리가 가는 동안 시시콜콜한 것까지 모두 얘
기했다.

"이번에 베이징의 부탁이 내려오기 전에도 저우 회장님은
몇 번 그를 죽이려고 했는데 그때마다 모두 실패했습니다.
사실 이번에는 저우 회장님의 체면이 달려 있는 문제입니다.
베이징의 당 중앙에서 내려온 부탁이라 굉장히 부담을 느끼
고 있습니다. 그래서 강 선생에게 부탁한 것입니다. 평소 우
리가 강 선생을 좀 활용하면 안 되는가 여쭈면 저우 회장님
은 크게 야단을 치곤 했으니까요. 회장님은 강 선생을 절대
로 작은 일에 써서는 안 된다는 신념을 갖고 있습니다."

선글라스가 입을 닫을 무렵이 되자 페리는 마카오 터미널
에 도착했다. 간단한 입국 수속이 끝나고 선글라스는 대기하
고 있던 자동차에 타려 했다. 그러나 강철민은 슬쩍 몸을 비
틀어 선글라스와는 모르는 사이인 것처럼 자동차를 지나쳐
택시 정류장으로 걸어갔다.

"강 선생, 이 차를 타요!"

선글라스가 강철민을 불렀으나 강철민은 들은 체도 하지 않
고 택시를 기다리는 승객 사이로 걸어가는가 싶더니 재빨리

몸을 숨겨버렸다.

다음 날 저우 회장은 잠에서 깨자마자 부하들로부터 선글라스의 죽음을 보고받았다.

"회장님, 놈들은 우리가 가는 걸 미리 알고 있었다는 얘깁니다. 두 사람은 기다리고 있던 자동차를 타자마자 그대로 놈들에게 끌려가 죽음을 당한 걸로 추측됩니다."

"뭐야?"

"펑 더 화 형님은 저항 한번 해보지 못하고 바로 당했습니다. 애들이 시체를 인수했는데 차마 못 볼 정도라고 했습니다."

"강 선생은?"

"강 선생은 바다에 수장된 것 같습니다. 놈들이 늘 쓰는 수법입니다. 펑 더 화 형님을 이렇게 포를 뜬 것은 일종의 경고 같은 걸로 생각됩니다."

"알았다. 물러가거라."

저우 회장은 크게 낙심한 가운데서도 강철민 중좌가 수장되지 않았을지도 모른다는 생각 한 조각이 뇌리 한구석에서 꿈틀대는 것을 느낄 수 있었다.

그날 저녁 저우 회장은 베이징의 정치주임에게서 전화를 받았다.

"저우 회장님, 참으로 감사합니다."

"무슨 얘기신지……."

"방금 특수경찰대장으로부터 전화를 받았습니다. 왕 싸우자우를 지금 베이징으로 압송하려고 한답니다."

"네?"

"이 세상에서 저우 회장님만이 해낼 수 있는 일입니다. 정말 감사합니다."

"그게 정말입니까?"

"아, 저우 회장님은 아직 보고를 받지 못하신 모양이군요. 하긴 저도 방금 보고를 받았습니다. 조금 전에야 작전이 끝났다고 하더군요."

"그러면……?"

"네. 저우 회장님이 보낸 사람이 왕 싸우자우를 카지노 밖으로 데리고 나왔답니다. 기다리고 있던 우리 요원들이 바로 그를 둘러싸고는 결박해 일단 마카오 경찰청으로 데리고 갔다가 지금 베이징으로 압송하려 한답니다."

"그럼 우리 쪽 사람은?"

"특수대에 사람을 인도한 후 행방을 감췄답니다. 아무튼 대단한 친굽니다. 혼자서 그런 일을 해내다니."

"알겠습니다."

"하여튼 이번에 저우 회장님께 신세 많이 졌습니다."

"무슨 말씀을요."

저우 회장이 전화를 끊자마자 몇 통의 전화가 잇따랐다. 부하들로부터였다. 그리고 마지막 전화에서 부하들은 강철민 중좌를 발견했다고 했다.

"어서 내 집으로 모셔라!"

강철민 중좌는 저우 회장님 집 대문을 들어서는 순간, 바닥에 무릎 꿇는 저우 회장을 발견하고 소스라치게 놀랐다.

"아니, 회장님!"

"강 선생, 나를 용서하시오."

"무슨 말씀입니까"

"닭 잡는 데 소 잡는 칼을 쓴 나는 강 선생을 대할 자격이 없는 사람이오."

"회장님, 어서 일어나십시오."

"정말 나를 용서해주겠소?"

"용서고 뭐고가 어디 있습니까?"

강철민 중좌가 저우 회장 앞에 무릎을 꿇고 나서야 저우 회장은 몸을 일으켰다.

그날 밤 파티 중에 저우 회장은 나직한 목소리로 물었다.

"나는 그날 밤 강 선생이 펑 더 화와 같이 죽은 줄 알았소."

"그런 상황은 위험하기 때문에 피했을 뿐입니다. 살수는 가장 기본적인 것을 잘 지켜야 합니다."

"호!"

저우 회장은 고개를 끄덕였다. 백번 맞는 말이었다.

"그런데 어떻게 왕 싸우자우를 잡을 수 있었소?"

"선글라스가 기회라고 생각한 것들은 모두 기회가 아닙니다. 위험한 것은 모두 대비하게 마련입니다."

"그러면?"

"모두가 가장 안전하다고 생각하는 것이 가장 위험합니다. 수십 명의 부하들이 같이 있는 순간, 아무도 위험이 없다고 생각하는 그 순간이 오히려 가장 위험한 순간입니다. 저는 그 순간을 노렸습니다."

"호오!"

저우 회장은 벌어진 입을 다물지 못했다.

"그렇다 하더라도 어떻게?"

"조용히 다가가 목 동맥에 칼을 댔을 뿐입니다. 그다음에는 죽음에 초연한 저의 자세와 살고 싶어하는 상대의 자세가 있을 뿐입니다. 나머지 열 명의 부하들은 다만 환영일 뿐입니다."

"아아!"

저우 회장은 머리가 쭈뼛 서는 자객의 최고 단계를 느낄 수 있었다. 예로부터 내려오는 최고 자객의 전통을 이 사람이 잇고 있다는 생각이 들자 저우 회장은 강철민 중좌에 대한 존경심이 마음속 깊은 곳에서부터 샘솟아 올라오는 것을 느

졌다. 저우 회장은 자신도 모르게 강철민 중좌의 손을 꼭 잡
았다.

"내 십오억 중국인의 밤을 지배하는 영웅이라 생각했건만,
이제 참된 영웅을 대하니 그저 부끄러울 뿐이오."

"회장님은 이미 저를 거두었습니다."

"내 다시는 강 선생에게 이런 일을 부탁하지 않을 것이오."

저우 회장은 강철민 중좌의 손을 꼭 잡은 채 놓지 않았다.

코리아 커넥션

장 검사는 토요일 아침 편한 복장으로 서울을 출발했다. 양평, 홍천, 인제를 거쳐 미시령을 넘자 눈부시게 파란 동해바다가 눈에 잡혔다.

"아아!"

장 검사는 자신이 얼마나 오랫동안 서울을 떠나지 못하고 일에 시달려왔는지 비로소 생각이 미쳤다. 주말인데도 혼자 출장을 간다며 토라져 내다보지도 않던 아내 얼굴이 떠올랐다. 이어 딸아이 얼굴이 떠올랐다. 눈에 넣어도 아프지 않을 만큼 예쁜 딸인데 제대로 놀아주지 못하다 보니 녀석이 아빠에게 서먹해했다. 아침에 볼에 뽀뽀를 하자 엄마에게 쪼르르 달려가는 게 아닌가. 세 살밖에 안 되었는데도 한글은 물론 영어도 이해한다며 아내는 딸아이를 천재로 여겼다. 장 검사도 딸아이가 대견하기 짝이 없었지만, 아내가 영재교육을 시킨다고 일주일 일정을 빡빡하게 짜놓고 이리저리 끌고 다니는 건 못마땅했다. 그렇다고 아기와 놀아주지도 못하니 아내가 하는 대로 놔두는 수밖에 없었다. 어떻게든 이참에 시간을 내서 가족과 함께 여행이라도 한번 다녀와야겠다는 생각을 했다. 가벼운 마음으로 해안선을 따라 계속 북상하자 고성이라는 작은 해안 도시가 나왔다. 몇 번 안내를 받아 도착한 부대에는 사단장의 지시를 받은 초병 장교가 기다리고 있었다.

"충성!"

장 검사는 가볍게 고개를 숙여 인사한 뒤 장교의 안내를 받아 사단장실로 들어갔다.

"어서 오시오, 장 검사."

"귀찮게 해서 죄송합니다."

"괜찮소. 찾아오는 길이 힘들지는 않았소?"

"마치 관광 오는 것 같았습니다."

"하하, 그랬을 거요. 통일이 되기 전까지는 강원도가 이 나라의 숲이요, 바다지. 자, 장 검사, 로저와 관련해 물을 것이 있다고 했소?"

장 검사는 사실 속으로 꺼려지는 바가 없지 않았다. 검사가 육군의 장성을 찾아왔다는 것은 그 모양새를 아무리 가볍게 하려 해도 어쩔 수 없이 본질적 문제를 야기하게 마련이었다.

"사실 찾아뵙기까지 어려움이 있었습니다."

"그랬을 게요. 어려움이야 내게도 있는 것 아니겠소? 대한민국 검사란 그 한 사람 한 사람이 다 헌법기관인데 일없이 이 강원도 고성 땅까지 오진 않았을 테지."

장군은 어쩔 수 없이 검사의 방문에 신경이 쓰이는 모양이었다.

"감사합니다. 그냥 편안하게 뭘 가르쳐주신다는 기분으로 말씀해주십시오. 저도 상부에 보고를 한다든지 하지는 않을 작정입니다."

"그게 무슨 의미가 있겠소?"

장군은 노골적으로 불만을 드러냈다. 장 검사는 선의의 반응을 기대했던 자신이 어리석었다는 생각을 하며 약간의 반감이 생겼다. 그러나 곧바로 감정을 눌렀다.

"로저는 CIA 요원입니까?"

"그렇소."

"수사를 하다 보니 그가 10·26과 어떤 연관이 있는 것 같더군요."

"그럴지도 모르지. 그는 육군 중위로 한국에 와 김재규의 통역을 전담했으니까. 미국인들과의 관계에는 늘 그가 끼여 있었을 거요."

"군인으로서 김 부장의 통역사가 됐다는 건 어딘지 이상하지 않습니까? 민간인도 많은데 하필 군인이……."

"그때부터 김 부장에게는 미국의 공작이 들어간 거요. 그의 정체를 알려면 그가 누구의 소개로 김 부장의 통역사가 되었는지가 중요하지 않겠소?"

"그렇군요. 누가 그를 정보부장의 통역사로 추천했습니까?"

"하우스먼. 주한 미군 고문관이 추천했소."

"하우스먼이오……."

장 검사도 하우스먼에 대해서는 익히 알고 있는 바였다. 지금은 흙으로 돌아갔지만 삼십 년이 넘게 주한 미군 고문관을 지내면서 한국의 정·재계를 한 손에 쥐고 흔들었던 사람이다.

"그런데 김재규 부장은 왜 그런 사람을 자신의 통역사로 썼을까요? 그것도 CIA 요원을."

"김 부장은 CIA 터너 국장의 초청을 받아 미국을 다녀온 후로는 거의 그쪽 사람이었소. 박 대통령의 핵 개발을 미친 짓이라 생각했으니까."

"흐음."

"사실 로저라는 자도 하우스먼이 추천했을 뿐이지 터너 국장이 보낸 사람이었소. 그가 버지니아의 본부에서 가장 똑똑한 요원이라는 얘기도 들었소. 그래서 그런지 그는 한국에 오자마자 매우 유창한 한국어를 구사했소."

"무언가를 위해 준비된 요원이었군요."

"그렇소. 아주 신참 시절부터 고급 역할을 수행한 최고의 요원이오."

장 검사는 이정서 살해 사건에 대해 간략하게 설명했다.

"베이징 검찰은 그를 의심하고 있습니다. 장군님이 최근 그를 만나셨으니 장군님의 생각을 듣고 싶습니다."

"그는 거물이오. 사람이나 죽이는 일은 하지 않소. 더군다나 그에게는 한반도에서 해야 할 막중한 임무가 있소. CIA 본부는 그런 사람을 하찮은 살인에 써버리진 않소. 게다가 그는 10·26 당일 밤 군용기편으로 황급히 도쿄로 떠났다가 이십사 년 만에 한국으로 왔소. 그런 그가 살인이라는 하부적 행위에 연관될 것 같소?"

"그렇겠군요."

김 장군의 말을 받아들이는 데는 별 무리가 없었다. 하지만 로저가 다시 한국으로 온 이유는 더욱 큰 궁금증을 불러일으켰다.

"장군님, 그가 한국에 온 이유는 무엇입니까?"

"모르겠소?"

"저는 짐작이 가지 않습니다."

"코리아 커넥션이 다시 움직이는 거요."

"코리아 커넥션이라구요?"

"그렇소. 미국은 이번 국회의원 선거 결과에 상당히 불안해하고 있소. 그들은 한국에 기존의 패턴이 아닌 새로운 형태의 패러다임이 형성되었다고 보고 있소. 즉 한국이 미국의 품을 떠날까 몹시 신경을 곤두세우고 있다는 얘기요. 그래서 로저를 비롯한 몇몇이 한국의 운명을 결정할 사람들을 분주히 만나고 있소."

"정보요원인 그가 만나는 사람은 통상의 외교관들이 만나는 사람들과는 아무래도 다르다고 봐야 하지 않습니까?"

"그렇소."

"장군님도 한국의 운명을 결정할 몇 사람 중 한 분입니까?"

"미국은 그렇게 보고 있소."

"죄송합니다만, 이해할 수 없군요. 이제 군인들의 시대는 완전히 막을 내렸는데……."

"후후, 하지만 우리가 미국의 속내를 어떻게 알겠소?"

장 검사는 멈칫했다. 장군의 입에서 나온 표현은 미묘한 뉘앙스를 풍기고 있었다.

"무슨 말씀이시죠? 미국의 속내라는 건?"

"미국이 한국을 그냥 떠나게 둘 것 같소?"

"뭔가 노력을 하긴 하겠지만……."

"한국은 절대 미국을 떠나선 안 되오!"

"미국 대신 중국과 코드를 맞추어야 한다는 사람들이 많습니다. 뉴스를 보면 국회의원들 간에도 미국보다는 중국을 선

호하는 비율이 높다고 하던데요."

"불확실한 미래로 조국을 끌고 가려는 어리석은 자들이오. 그런 자들이 대거 국회에 진출했다는 것은 불안하기 짝이 없소."

"그러나 국민의 선택인걸요."

"미친 선택이오. 장 검사, 한국이 절대로 해선 안 되는 게 있소. 그건 미국과 멀어지는 거요. 세계의 모든 과학기술이 미국에서 나오고 있는데 미국과 담을 쌓는다든지 반미 일변도로 나가는 것은 어리석기 짝이 없소. 우리는 미국과 호흡을 같이해야 하오."

장 검사는 김 장군의 말에 동조하면서도 그의 거친 언사에는 반감이 생겼다.

"그러나 국민의 선택을 미쳤다고 하는 것은 좀 무리가 있지 않을까요?"

"나라의 틀을 결정하는 중요한 순간마다 이 나라 국민은 감정으로 일관했소. 오노라는 한 스케이트 선수의 반칙이 반미로 이어졌고, 장갑차 사건에 흥분한 사람들이 반미면 어떠냐고 부르짖던 노 대통령에게 쏠렸소. 탄핵 역풍으로 나라의 틀이 확 바뀌었지만 그것 역시 따지고 보면 감정의 폭발 아니오? 썩어빠진 국회의원들을 반대하는 것이 결과적으로는 미국과 등지는 꼴로 가고 있소."

"하지만 사람들의 반미 감정도 이해해야 하지 않을까요?"

"감정은 단지 감정일 뿐이오. 해소하는 방식이 따로 있어야 하오. 감정 때문에 나라가 이렇게 가서는 안 되오."

"장군님은 대통령이 임명하는 자리에 있으면서도 스스럼없이 반대통령적 입장을 밝히시는군요."

"대통령이 문제가 아니오. 나는 자리에 연연해하지도 않소. 소신대로 움직일 뿐이오. 이제 이 나라는 거대한 싸움으로 들어가고 있소. 좌우 대립은 불을 보듯 환하오. 나는 결코 이 나라가 좌향좌하는 꼴을 그냥 보고 있지 않을 거요."

"로저와도 이런 얘기를 나누셨습니까?"

"우린 한반도의 모든 상황을 다 얘기했소. 그는 미 본토의 제1군 사령부가 일본으로 온다고 했소. 반대로 전방에서는 미군 병력이 빠지고 있소. 나는 그 의미를 정확히 알지 못하지만 어쩐지 한반도에 위기가 고조되는 예감이오."

"그러나 지금 북한이 남으로 밀고 올 거라고 생각할 순 없지 않습니까?"

"지금은 아무도 남침을 걱정하지 않소. 하지만 상황은 급속히 바뀌는 거요. 미국이 일단 전방에서 병력을 뺀다는 사실은 북에서 보면 그만큼 입지가 넓어지는 거요."

"무슨 말씀입니까?"

"미군이 있을 때의 남침은 바로 미국과의 전쟁이지만 미군이 빠지면 남한과의 충돌에 불과하오. 이런 상황은 대단히 위험하오. 우리는 반드시 미군을 전방에 묶어두어야 하오. 그런데 사회는 이상하게 돌아가고 있소."

"전혀 다른 안보 구조를 생각해볼 수도 있지 않습니까? 북의 공격이 두려워 미국과 꽉 붙어 있던 지난 세월과는 전혀 다른 구조 말입니다."

"무슨 얘기요?"

"위협의 근원인 북한의 위험성을 제거하는 방법 말입니다."

"어떻게 제거한다는 거지?"

"대화와 교류, 협력을 통해서 말입니다."

"거긴 정치범을 수십만이나 가두고 있는 곳이오. 게다가 군부가 체제 유지의 근간이오. 뭔가 체제가 흔들린다고 생각하면 남침도 심각하게 고려할 수 있소. 미군이 전방에서 빠지면 그런 유혹은 더할 거요."

"미군이 병력을 빼는 건 이 정부에 대한 섭섭함의 표시일까요?"

"왜 아니겠소?"

장군은 분이 차오르는지 목소리가 격해졌다.

"로저는 장군님의 이런 분노를 이용하려 들지 않을까요?"

"우리는 서로를 이용하고 있소. 그는 나에게 미국의 입장을 전하고, 나는 그에게 한국의 입장을 전하는 거요. 그러니 서로를 활용한다고나 할까? 어쨌든 나는 미국과 이 나라가 아주 소원해지지 않도록 내 나름대로 활동하고 있소. 장 검사, 여기까지 합시다."

장 검사는 장군의 스타일로 보아 그가 더 이상 입을 열지 않으리라고 생각했다. 과연 김태천 장군은 자리에서 일어나며 모자를 썼다.

"자, 나는 다른 모임이 있어 이만 실례하겠소."

"감사합니다. 얻은 게 많았습니다."

장군은 부관을 불러 자신의 차로 장 검사를 강릉까지 바래다주도록 지시했다.

"다음에 만날 때는 푸른 동해에서 갓 잡아 올린 생선회를 곁들여 소주라도 한잔합시다."

"고맙습니다."

장 검사가 인사를 하고 돌아서는데 등 뒤로 장군의 목소리가 따라왔다.

"참, 나는 로저를 만난 사실 등을 총장께 늘 보고드리고 있소."

"알겠습니다."

장 검사는 김 장군이 자신을 귀찮게 하지 말라는 의도로 이 말을 던졌다고 생각했다. 김 장군을 뒤로하고 부대를 빠져나온 장 검사는 버스가 대관령을 넘어 영동고속도로를 달리는 내내 자꾸 생겨나는 상념을 어떻게 할 수가 없었다. 미국의 코리아 커넥션이 다시 움직인다는 얘기나, 미국의 속내를 어떻게 아느냐는 얘기를 과연 어떤 의미로 받아들여야 할지 몰랐다. 게다가 현역 장성이 노골적으로 대통령에 대해 거부감을 보이는 것 또한 불안하게 가슴에 다가왔다.

—

후암동

"무슨 특별한 일이라도 있었나?"

월요일 아침 장 검사가 나타나자 부장은 몹시 신경을 쓰고 있었던 모양인지 노골적으로 궁금증을 드러냈다.

"별일 없었습니다."

장 검사는 김 장군과 나눈 대화를 모두 숨겼다.

"그럼 이제 사건을 종결할 건가?"

"종결은 어렵지만 확대하지는 않을 생각입니다."

장 검사의 대답이 부장을 기분 좋게 한 모양인지 부장은 고개를 끄덕였다. 장 검사가 방으로 돌아와 자리에 앉자 최 계장이 손에 무언가를 들고 자랑스러운 표정으로 다가왔다.

"검사님, 이것은 항공권 판매 장부입니다."

계장이 내민 뉴욕행 항공기 매출 원장에 찍힌 지불인 이름은 이정서가 아니었다.

"어떻게 알아냈어요?"

"소설가가 제 돈 다 내고 비즈니스석을 샀다는 사실이 아무래도 마음에 걸렸습니다. 왔다 갔다 스무 시간만 비좁게 앉아 있으면 이백만 원이 넘게 절약되는데요. 그래서 혹시 누군가 티켓을 대신 사주진 않았을까 하는 생각이 들어 티켓을 구매한 사람 이름을 조사했습니다."

"잘했소."

장 검사의 눈길이 즉각 지불인의 이름에 가 멎었다.

"김정한. 이 사람 인적 사항 즉각 확인해봐요."

"네."

계장은 몇 군데 전화를 걸더니 간단한 인적 사항을 파악했다.

성명: 김정한

나이: 48세

직업: 무직

주소: 용산구 후암동 36번지

특기 사항: 탈북 정착자

"이상한 점이 있는 인물입니다."

"뭐요?"

"탈북잔데요."

"그래요? 요즘은 탈북자가 많으니 그리 이상하다고 할 수 있겠어요?"

"그리고 무직임에도 불구하고 카드 사용 금액이 놀랄 정도로 많습니다."

"얼마요?"

"매달 삼천만 원이 넘습니다. 현금 서비스는 하나도 받지 않구요. 돈 많은 사람이라는 얘깁니다."

"수상하군."

장 검사는 인적 사항을 적은 메모지를 눈여겨보고 있다 자신도 모르게 외마디 소리를 냈다.

"이것 봐요. 이 사람 주소가 후암동이잖아."

"네, 후암동입니다."

"후암동이야, 후암동."

"그게 무슨……."

"얼마 전에 당신이, 아니 다른 친구였군. 최백호, 그 친구가 미행을 갔다 놓친 데가 후암동이야."

장 검사는 얼마 전 자신을 찾아와 도청을 당하고 있다며 로저의 이름을 언급했던 젊은 사람을 떠올렸다.

"우연일 수도 있지 않습니까?"

최 계장이 웃음을 띠며 한마디 거들었지만 장 검사는 미간을 찌푸렸다.

"아니야. 그 사람도 이정서와 로저라는 이름을 입에 담았고 우리는 이정서를 추적하다 이 김정한이라는 이름을 알게 됐어. 그런데 두 사람 다 후암동이라는 동네를 떠올리게 한다면 뭔가 관계가 있다는 얘기잖아."

"그렇네요."

"관할 경찰서 정보과에 이 사람이 어떤 인물인지 알아봐요. 아니, 그러지 말아요. 내가 직접 가봐야겠어. 휴대폰 번호만 알아줘요."

장 검사는 날아오를 듯한 기분을 주체할 수 없었다. 한시라도 빨리 김정한이라는 인물을 만나보고 싶었다.

전화번호를 확보하자 장 검사는 바로 번호를 눌렀다.

"서울지검의 장민하 검사입니다. 이정서 씨 사건으로 전화를 드렸습니다."

장 검사는 바로 치고 들어갔다.

"장 검사?"

"그렇습니다. 베이징에서 피살된 이정서 사건을 수사하고 있습니다."

"사건이 아주 한국으로 넘어왔어요?"

"공조하고 있습니다. 검찰청으로 좀 와줄 수 있습니까?"

장 검사는 공손하지만 건조한 음성을 내보냈다. 상대를 약간 잡아두어야 앞으로가 편할 터였다.

"그럴 시간은 없고……. 하여튼 조만간 한번 만납시다."

그러나 상대는 검사의 건조한 목소리를 전혀 인정하지 않는 사람이었다.

"당장 만나야 합니다."

"그래요? 사우나를 가려던 참인데, 그러면 사우나를 같이 해도 되겠소?"

"사우나가 끝나고는요?"

"그다음부터는 전혀 시간이 없소."

상대방은 장 검사의 이런저런 여지를 칼처럼 잘랐다.

장 검사는 기분이 몹시 상했지만 통상적인 소환 절차를 거친다면 너무 지체할 것이기 때문에 마지못해 응낙했다.

그러나 장 검사는 사우나로 가는 동안 곰곰 생각하다 상대가 사우나로 오라는 것에는 다른 의도가 있을 것 같은 생각이 들었다. 상대가 자신에게 미군 특수부대가 도청하고 있다는 사실을 알려준 바로 그 사람이라면 도청에 극도로 신경을 쓰기 때문에 사우나에서 만나자고 하는지 모른다는 생각이 들었던 것이다.

묘안

　사우나에서 초면인 사람을 만난다는 것은 참으로 어색한
일이었지만 장 검사의 호기심은 그 어색한 마음을 이겨내고
도 남았다.
　사우나 입구에서 장 검사를 기다리고 있는 사람은 전에 검
찰청으로 찾아왔던 바로 그 젊은이였다. 젊은이는 아무런 표
정의 변화 없이 목례하며 장 검사를 맞아 안으로 안내했다.

　"장민하 검삽니다."
　"반갑습니다. 김정한이오."
　장 검사는 비서처럼 보이는 젊은이의 조용하면서도 무게
있는 느낌으로 미루어 상대가 보통 사람이 아닐 거라고 상상
했었다. 하긴 이정서라는 신비한 인물과 관련된 사람이라면
보통일 리는 없었다. 그러나 장 검사는 상대방을 보며 의외
라는 생각이 들었다. 목소리가 잔잔한 것 말고는 별다른 특

징이 없어 보이는 사람이었다.

"나는 사우나를 하면서 생각을 가다듬는 버릇이 있소."

상대가 이렇게 얘기했지만, 장 검사는 순간 사우나에서 초면인 사람을 만나자고 한 것은 분명 도청을 우려하기 때문이었을 거라는 생각이 들었다. 장 검사는 짧은 시간에 확 바뀐 자신을 생각하며 스스로 쓴웃음을 지었다.

"제게 사람을 보내 미국이 제 방을 도청하고 있다고 일러주셨지요?"

"그렇소. 내가 알려주었소."

순간 장 검사는 날아오를 것 같은 기분이 되었다. 과연 이 사람에게서는 무언가 얻을 것이 있을 거라는 기대가 맞아떨어지는 순간이었다.

"늦었지만 감사드립니다."

"괜찮소."

장 검사는 바로 감정이 실린 분위기를 벗어나며 예의 그 건조한 음성으로 말했다.

"이정서 씨에게 뉴욕행 비행기표를 사주셨더군요."

김정한은 고개를 끄덕였다.

"어떤 관계이십니까?"

질문을 하면서 장 검사는 좀 우습다는 생각이 들었다. 상대가 속옷을 벗고 있는 순간이었다.

"아는 사람이오."

"구체적으로는요?"

장 검사도 마지막 남은 속옷을 벗으면서 물었다.

"뜻을 같이하는 벗이오."

김정한은 간단히 대답하고는 몸을 돌려 사우나 입구로 걸어갔다.

"무슨 뜻을 같이하는지 물어도……."

"별 뜻 아니오."

김정한은 짤막하게 자르고 사우나로 들어가서는 탕에 몸을 푹 담갔다. 장 검사도 따라 할 수밖에 없었다. 탕 안에서 장 검사는 잠시 입을 다물고 생각했다. 이대로 단답식으로 묻고 대답해서는 아무런 소득이 없을 것 같았다. 직감으로도 상대는 검사라 하면 설설 기는 그런 사람이 아니란 걸 알 수 있었다. 검찰청에서 만났어도 만만치 않아 보일 그런 사람이었다. 더군다나 자신은 지금 사건을 정식으로 수사하지도 않는 상태이고, 상대방은 아직 참고인도 되지 않는 입장이었다. 생각 끝에 장 검사는 자신의 속마음을 확 털어놓는 것밖에는 이 사람으로부터 마음속의 얘기를 들을 수 있는 방법이 없다는 결론을 내렸다.

"……이제까지 말씀드린 대로, 저는 검사라는 직책을 수행하기 위해 이 사건에 매달리는 것이 아닙니다. 이정서라는 분에게서 느껴지는 애국적인 분위기와 단편적인 법 집행으로는 자신의 뜻과는 상관없이 강자의 대리인 구실밖에 못 하는 현실이 견딜 수 없어, 관할도 아니지만 이 사건에 뛰어들었습니다. 그러다 보니 미국에 꼼짝 못 하는 이 나라의 현실이 너무 안타까워 선생님을 찾아왔습니다. 십삼 년간 봉직했지만 검사라는 직책을 이대로 던져도 좋습니다. 내 조국의 진실만 알 수 있다면 말입니다."

김정한은 잔잔하면서도 직선적인 사람 같았다. 그는 장 검사의 말에서 진실을 느꼈는지 말없이 일어나더니 잠시 냉탕에서 몸을 풀고는 장 검사에게 손짓을 했다. 사우나 도크로 들어오란 뜻이었다.

"이정서의 죽음에 나 역시 무척 당황했소. 빈소에서 장 검사를 잠깐 보았었지요."

"그러면 진작 저를 좀 찾아주시지 그러셨습니까?"

"굳이 그래야 했을까? 별로 쓸데없는 일 같기도 하고……. 살인의 배후를 알기 위해 이정서와 내가 함께 나누던 뜻을 알리는 것이 좋은지 그걸 알 수 없어 좀 지체했소."

"두 분이 함께하신 일은 무엇입니까?"

"이정서의 죽음에는 아주 복잡한 국제 정치적 배경이 깔려 있을 것이오. 그 친구는 늘 한반도의 운명을 걱정하며 바로 몸으로 실행하려던 사람이었소."

"그럴 거라고 생각은 했습니다."

긴장한 장 검사는 아랑곳없이 김정한은 몸에 땀이 맺히기 시작할 무렵이 되어서 본격적으로 입을 열기 시작했다.

"그는 죽기 얼마 전에, 눈에 보이지는 않지만 중국과 미국의 대결이 점차 가속도가 붙고 있다는 말을 하곤 했소. 그리고 미국은 러시아와 중국을 압박한다는 원거리 작전 차원에서 이라크를 침공했다고 말했었지요."

"그렇습니까?"

장 검사는 이라크 전쟁의 의미를 색다르게 해석하는 김정한의 말에 적이 놀랐다.

"석유로 두 나라, 특히 중국을 몰아붙이는 거요. 그건 그렇고, 잘 들으시오. 부시는 재선에 성공하자마자 핵 개발을 외쳐대는 북한을 무력으로 붕괴시키려 하오. 이것이 이정서와 내가 도달한 결론이오."

"네?"

"우리는 2005년 여름 무렵 결정적 시기라 생각하고 있었소."

장 검사는 잠시 생각에 잠겼다가 입을 열었다.

"타협은 없을 것으로 보십니까?"

"타협은 전혀 없소. 이정서의 죽음은 그들의 의도가 뭔지를 알 수 있는 시금석이오."

장 검사는 신경을 곤두세웠다. 수사상 매우 민감한 진술이었다.

　"우리는 어떤 경우든 미국이 북한을 무력 침공하는 일은 없도록 해야 한다고 믿었소."

　"그야 모두 바라는 바이지만, 한국인으로선 할 수 있는 일이 전혀 없지 않습니까?"

　"장 검사는 왜 그렇게만 생각하는 거요?"

　"현실이……."

　"물론 미국이 북한을 공격하는 현장에서 우리가 할 수 있는 일은 없소. 오히려 미국과 함께 북한에 대응하는 쪽으로 기울 가능성이 현저히 크겠지. 하지만 우리는 그전에 필사의 힘을 기울여 미국을 바꾸어야만 하오."

　"좋은 방법이 있습니까?"

　"이정서에게는 방법이 있었소."

　"그건 어떤 방법이었습니까?"

　"부시를 우리 측으로 끌어오는 방법이라고 했소. 그의 선거를 이용해서 말이오."

　장 검사의 뇌리에 이정서의 원고가 떠올랐다. 부시의 선거와 관련해 이라크 파병과 북한 핵 문제를 동시에 해결할 수 있는 묘안이 있다는 내용이었다.

　"그건 구체적으로 어떤 방법이었습니까?"

"나도 자세히 들을 수는 없었소. 그가 워낙 급히 미국으로 떠났기 때문에 말이오. 나는 당시 일본에 가 있었는데 전화로 내게 뉴욕으로 간다고 했소."

"선생님께서 비행기표를 사드렸던데요."

"늘 내가 사곤 했소. 여비도 충분히 보내고."

"왜 그러셨죠?"

"조국의 운명에 내가 동참하는 게 무슨 문제라도 되는 거요? 당신은 아무 일도 하지 않고 있다 이 땅에 전쟁이라도 나면 누군가 원망할 사람만 찾으면 되는 거요?"

갑자기 김정한의 목소리가 격해졌다.

"아니, 그게 아니라……"

장 검사는 민망했다. 상대는 탈북자이면서도 지금 애국을 얘기하고 있는데, 자신은 비록 이 나라의 검사임에도 불구하고 애국이라는 관념이 쑥스럽고 낯설었던 것이다.

"당신이 무슨 수사를 해도 상관없지만 수사보다 중요한 것은 이 나라와 이 민족을 지키고자 하는 마음이오. 나는 무엇이든 할 작정이오. 내 나라를 지킬 수 있다면 말이오. 자, 이제 그만 나갑시다. 오늘은 이만합시다."

"선생님, 하나만 더 대답해주십시오."

"뭐요?"

"아까 이정서의 죽음이 그들이 의도를 알 수 있는 시금석이라 하셨는데, 그 말씀의 의미는 뭡니까?"

"간단하잖소? 이정서는 북한 핵 문제를 해결할 수 있다고 했소. 그건 미국의 무력 침공 가능성을 해소한다는 말과 같은 거 아니오? 그런 이정서가 죽었다면 미국이 죽였든 북한이 죽였든 서로 화해하거나 타협하는 장면은 없다는 걸 의미하는 거 아니겠소?"

"그렇다면 미국의 무력 행사는 필연적이라는 결론을 내려야 합니까?"

김정한은 말없이 고개를 끄덕였다. 그런 그의 얼굴에는 일말의 분노가 서려 있었다. 그는 자리에서 일어나 나가려다 말고 선 채로 장 검사를 돌아보며 아쉬움을 토해냈다.

"이정서는 바로 그걸 막아보려 했던 거요."

"그분 혼자서요?"

"그렇소. 그는 뭔지 모르지만 아주 획기적인 생각을 해냈을 거요. 자신 있게 뉴욕으로 향했으니까. 경천동지할 결과를 가지고 오겠다며 도쿄에 있는 내게 전화를 했소."

"혹시 김 선생님께서는 뉴욕의 류삼조 씨를 아십니까?"

김정한은 고개를 가로저었다.

"나는 이정서가 구체적으로 무얼 어떻게 하려 했는지는 모르오. 다만 그가 류삼조라는 인물을 만나 자신의 계획을 실현하려 했다는 것만 알고 있소. 박사가 죽고 나서 나는 류삼조 박사와 여러 차례 통화를 했소. 박사가 부시와 절친한 사이라는 것과, 이정서의 일이 성사 직전에 깨졌다는 것만은 확인할 수 있었소. 자, 장 검사. 이제 그만 끝냅시다."

"아니, 김 선생님. 하나만 더 묻고 싶은 게 있습니다.

"……"

"그런데 미군의 특수부대가 절 도청하는 건 어떻게 아셨습니까?"

"우리는 그 부대를 도청한 적이 있소."

"네? 도대체 그게 가능합니까?"

"그렇소. 우리에게는 그 정도의 실력이 있소."

"우리란 어떤 사람들을 말하는 겁니까?"

장 검사의 물음에 김정한은 주춤했다. 우리란 자신과 이정서를 의미하는 말로, 습관적으로 써오던 것이었다. 김정한은 왈칵 슬픔이 치밀었지만 애써 목소리를 가라앉혔다.

"조국의 운명에 관심을 갖고 행동하는 사람들이오."

"규모는 어느 정도……?"

"말할 수 없소."

"이정서 씨도 그중 한 분입니까?"

"그렇소. 자, 이제 그만 나갑시다."

김정한은 도크의 문을 열고 밖으로 나가버렸다. 장 검사는 밖으로 나오자 숨을 크게 쉬었다. 비로소 살 것 같았다. 그러

나 그 뜨거운 도크 안에서 들었던 얘기들은 이정서의 죽음을
이해하는 데 결정적으로 도움이 되는 것들이었다.

—

결심

"결론 내렸어?"

"너는?

미래와 준은 김정한의 제안을 받은 후 서로 연락을 하지 않은 채 각각 한동안 생각을 거듭하고 있었다. 미래가 먼저 어떻게든 매듭을 지어야 한다는 생각에 준을 불러냈다.

"먼저 그분에 대한 생각부터 말해봐."

"그가 말한 것은 모두 진실이야."

"어머, 어떻게 알아봤어?"

"휴대폰 업계에 있는 선배에게 도움을 청했지. 선배는 별로 어렵지 않게 그에 대한 정보를 모을 수 있었어."

"그분이 그 정도 전문가인 것은 틀림없대?"

"물론. 그 이상이야."

"그럼 우리만 결심하면 되는 일이야?

"그래. 자, 미래 너는 어떤지 말해봐."

"난…… 싫어. 아무래도 도청은 정당한 방법이 아니야."

"겁나는 모양이구나."

"……."

"하긴, 잘못되면 인생이 완전히 결단 나는 일인데 당연히 싫겠지."

준은 미래의 태도가 이해된다는 듯 고개를 끄덕였다.

"너도 이 일이 네 인생에 큰 위기를 초래할 수 있는 일이라는 것 잘 알지? 두려워. 또 우리가 이런 일을 해야 한다는 당위성도 없어."

준은 무겁게 고개를 끄덕였다.

"미래야, 네 말이 맞아. 굳이 너까지 갈 필요는 없어."

"뭐야? 너는 가겠다는 얘기야?"

"그래, 나는 갈 거야."

"도대체 왜?"

"일전에 광화문에서 촛불 시위를 하면서 생각한 게 있어."

"그게 뭔데?"

"너나 할 것 없이 모두 촛불 한 자루씩 들고 광화문에 나섰지만 그 시위의 본질은 미국인보고 봐달라는 거였어. 응징이 아닌 앙탈이었지. 그런데 얼마 전 고려대학교 학생들 설문 조사에서는 이중국적일 경우 한국 국적을 포기하고 미국 국적을 선택하겠다는 숫자가 압도적으로 많았잖아? 다른 학교도 아닌 고대, 그 민족 고대에서 말이야."

"솔직히 한국인이기보다는 미국인이 되는 게 여러모로 유리하겠지."

"그래? 하여튼 그런 여론조사가 없었으면 나는 나서지 않았을 거야. 하지만 이런 조사 결과는 너무 부끄럽잖아. 모두들 반미니 뭐니 하지만 사실은 미국인이 되고 싶은 거야."

"이 시대 청년들의 진심인 걸 어쩌겠어?"

"그러니 미국이 도도할 수밖에. 나는 그런 게 너무 싫어. 난 미국에 너희가 우리를 도청하면 우리도 너희를 도청한다는 사실을 똑똑히 보여주고 싶어. 난 갈 거야."

"준아……."

"잘됐어. 넌 안 가는 게 더 좋아. 네가 가지 않는 쪽으로 결정하니까 오히려 내 마음이 편하다."

"그래? 내가 안 가면 왜 네가 더 편하지?"

"나는 어떤 일이든 이겨낼 수 있지만, 네가 다치는 건 절대 보고 싶지 않아."

"정말, 너 혼자라도 갈 생각이야?"

"그래."

"너 지금 사실은 내게 화가 난 거지? 내가 비겁하고 이기적이라고."

준은 위축된 미래의 얼굴을 보며 크게 웃었다.

"그럴 리가 있니?"

미래는 고개를 저었다. 미래는 준에게 강한 어조로 미국행이니 도청이니 모두를 싸잡아 비난하기 시작했다. 그래도 준이 잠자코 있자 미래는 홱 일어나 그대로 나가버렸다.

준은 새벽녘에 걸려온 전화에 잠이 깼었다. 분명 미래일 것이었다. 낮에 그렇게 헤어진 것이 못내 가슴이 아팠다. 준은 보통 때보다 더 부드러운 목소리로 전화를 받았다. 미래의 목소리는 촉촉했다.

"준아, 네가 가면 나도 간다."

"……."

"듣고 있니? 넌 매사에 돈키호테처럼 나서잖아. 내가 널 돌보지 않으면 누가 널 돌보겠어?"

준은 가슴이 저릿했다.

"바보야. 너까지 그럴 필요는 없어. 너와 난 좀 다르잖아. 넌 부모님도 계시고. 나야 두 분 다 안 계시니 마음이 편하지. 물론 할머니가 걱정하시겠지만, 날 믿으시니까 잘 말씀드리면 괜찮아."

"아직도 그렇게 내 마음을 모르니? 넌 내가 관리해야 하는, 좀 덜 된 남자야. 네가 가면 나도 간다니까."

울음을 머금은 미래의 목소리를 들으며 준은 새삼스럽게

미래가 보고 싶었다.

"미래야."

"응."

"고맙다."

"괜찮아, 준아. 붙들리면 또 어때? 이제껏 조국이니 사회니 하나도 관심 없이 살아온 지난날에 대한 스스로의 갚음이라고 생각하면 되지. 너는 안중근, 나는 유관순 의사가 됐다고 생각하면 되잖아."

"그러자."

"준아, 그런데 너 안전은 생각해본 거니?"

"그럼. 많이 생각을 해봤는데 그리 크게 눈에 띄는 일은 아닐 것 같아."

"세관은 어떨까?"

"워낙 작은 물건이라 세관에서 문제가 될 것 같지는 않아. 그런데 나방을 잡는 데는 문제없겠지?"

"그건 쉬워. 나방이야 여기나 거기나 똑같으니까."

"수술도 할 수 있겠지?"

"염려 마."

"음, 현재로선 크게 걱정되는 부분은 없군. 스스로 날아가는 나방이란 놈을 이용하기 때문에 우리가 위험한 부분은 거의 없을 것 같고."

미래의 얼굴이 환해졌다.

"그러니까 우리는 친구 사이로 미국의 이 지방 저 지방을 다니며 여행 중인 거야. 그러다가 캠프 데이비드 산장 부근의 마을에 들르는 거지."

"알았어."

"어찌 생각하면 그렇게 불가능하기만 한 일 같지도 않아."

"그럼. 일 자체는 그리 어려운 게 아닌데, 문제는 캠프 데이비드 산장이지. 아예 접근조차 할 수 없으니."

"나방이 날아간댔잖아."

"그래도 어느 정도는 산장에 접근해서 나방을 풀어놓아야 하는데, 문제는 그 어느 정도 거리를 나방이 날아갈 수 있느냐 하는 거야."

"그분은 뭐라고 하셔?"

"계산으로는 떨어지지 않는데. 모든 건 나방에 달렸다고 하시던데."

"나방에 달렸다구?"

"그래."

미래는 어처구니가 없었다. 미국 대통령의 도청이라는 어마어마한 일이 곤충 축에도 못 드는 나방에 달렸다는 사실을 어떻게 받아들여야 할지 몰랐다.

주파수 잠금장치

다음 날 미래와 준은 김정한의 연구실을 찾았다. 김정한은 두 사람을 보고 흡족한 표정을 감추지 못했다. 그러고는 곧바로 두 사람에게 자신이 개발한 극소형 도청기의 원리와 작동법을 진지하게 설명했다.

"미국은 레이저로 때려대는데 우리는 나방에 운명을 걸고 있으니 착잡한 기분이 드는군요."

"그래? 하지만 성능은 이게 인공위성보다 좋아."

김정한은 자신감에 차 있었다.

"그래도 어쩐지 주눅이 드는데요."

"걱정 마. 내가 발명한 이 집성 장치는 가히 독보적인 거야. 크기는 이렇게 작지만 성능은 직경 십 인치 집성기보다 더 월등하지. 원거리 도청기의 핵심 장치가 바로 이 집성기야."

"집성기라면 문자 그대로 소리를 모으는 장치군요."

"그래. 사실 망원경이든 도청기든 중요한 건 뭘 모으는 데 있어. 망원경은 어떻게 하면 우주에서 오는 빛이나 전파를 많이 모으는가에 그 성능이 달려 있고, 원거리 도청기는 멀리서 들리는 소리를 모으는 데 생명이 달려 있어."

"그런데 선생님, 문제가 있지 않을까요?"

"무슨 문제?"

"아까 선생님이 말씀하신 대로 이 도청기가 초소형 반도체를 이용해 상대방의 대화를 녹음하는 거라면 우리는 나방을 다시 회수해야 하지 않을까요?"

김정한은 웃으면서 고개를 저었다.

"그렇게 한다면 계획은 실패할 수밖에 없어. 여길 봐, 이게 수신기야. 나는 집성기가 모으는 소리 중에서는 사람의 음성만 녹음되도록 이 수신기를 만들었어. 그러니까 절전도 돼. 사람의 음성이 들릴 때만 수신기가 돌아가기 때문에 한 번 장치하면 몇 달 이상 간다는 얘기지."

"대단하시군요. 그런데 상대방이 눈치챌 염려는 없을까요?"

"눈치채이지 말아야지. 전쟁이니까. 이건 주파수 전쟁이야. 주파수가 미국인들의 전파 추적에 걸리면 지고, 걸리지 않으면 이기는 거야. 그러려면 방법은 두 가지야. 미국인들이 아예 잡을 수 없도록 하거나 아니면 너무 많이 잡도록 해야지. 무슨 말인지 알아듣겠어?"

준은 고개를 갸우뚱했다.

"알아들은 것 같기도 한데, 솔직히 잘 모르겠습니다."

"하하, 내가 좀 어렵게 말했네. 마치 선문답같이 말이야."

김정한은 자신의 전공 분야를 설명하는 게 무척 기분 좋은 모양이었다.

"생각해보면 간단해. 모든 전파는 전파탐지기에 다 걸려. 그렇다면 전파와 관련해 최고 수준에 있는 미국인들에게 발각되지 않으려면 전파탐지기에 안 걸리는 전파를 나방의 배 속에 들어앉아 있는 도청기가 발신해야겠지. 웬만한 전파탐지기에 대해서는 그렇게 할 수 있어. 그러나 미국인들이 캠프 데이비드에서 쓰는 전파탐지기는 보나마나 그 성능이 엄청날 거란 말이야. 어떤 전파라도 잡아낼 거야. 그러니 미국인들에게 안 걸리는 전파를 쏘는 것은 불가능한 일이야."

"하지만 나방이 전파를 안 쏘면 아무것도 못 하잖아요? 나방을 회수할 수도, 도청한 내용을 들을 수도 없잖아요?"

"그렇지. 나방은 반드시 전파를 쏘아야지. 그런데 미국인이 못 잡아내는 전파가 없다는 가정에서 전파를 쏘아야 한다면 그 전파는 어떤 거라야 할까?"

"아하! 그래서 너무 많이 잡히는 주파수를 쓴다는 거군요."

전자공학도인 준은 이해가 빨랐다.

"그래."

"너무 많이 잡히는 주파수는 어떤 게 있어요? 라디오 같은 방송의 주파수를 쓰나요?"

"그건 안 돼. 라디오 방송에 쓰는 거라면 단파나 장파나 저들에게 바로 들키지."

"그러면요?"

"휴대폰이야. 미국에서 쓰는 휴대폰과 같은 주파수를 쓰되 주파수 잠금장치를 잘해야지. 즉 아무도 주파수의 비밀번호를 해제하지 못하도록 하는 거야."

"호, 주파수에도 비밀번호가 있나요?"

"놀랍지? 그러니까 간단히 생각하면 비밀회의를 하는 그들이 휴대폰으로 우리에게 회의 상황을 실시간 보고하는 식이야."

"신나는 일이군요."

"그래. 그들이 인공위성으로 때려대는 것보다 몇백만 배 경제적이지. 하지만 모든 게 나방 맘에 달려 있으니 우리는 하느님이 보우하시길 바랄 수밖에 없어."

"그런데 나방을 캠프 데이비드 쪽으로 확실히 가게 할 수 있는 좋은 방법이 없을까요?"

미래는 무엇보다 나방이 캠프 데이비드로 날아가지 않을까 봐 걱정되는 모양이었다.

"자연스럽지 않은 것은 모두 발각된다고 봐야 해. 아무리 생각해도 나방을 유도할 수 있는 방법은 없어."

"운명을 나방에게 맡겨야 하는군요."

"그래. 그러니까 만약 실패하더라도 아쉽게 생각하지 말고 그냥 돌아와."

사실 그 말은 하지 않아도 무방한 말이었다. 나방이 실패한다면 아무리 아쉬워도 그냥 돌아올 수밖에 없는 노릇이었다.

"방법은 최대한 많은 나방을 풀어보는 거야. 불빛이 없는 곳에서 말이야."

"그럼 우리는 캠프 데이비드 부근의 산 정상으로 올라가야 하나요?"

김정한은 웃었다.

"등산이 허용될 리 없지. 한 발짝이라도 산으로 떼어놓는 즉시 체포될 거야."

"사람들이 쉽게 접근할 수 있는 곳 아닌가요? 백악관처럼 관광객이 수시로 드나들 수 있는 줄 알았는데요."

"유감스럽게도 나는 탈북자라 미국 비자를 받을 수 없었어. 현지에 가보지 못한 상태라 완전한 계획을 세우지는 못했지. 다만 여러 경로로 정보를 취합했어. 우선 캠프 데이비드는 모든 것으로부터 차단돼 있어. 거긴 백악관 같은 전시용 건물이 아니야. 일반인의 출입은 완전히 차단된 채 오직 미국 대통령과 그의 손님들만 출입이 가능하지. 미국 해병대의 정예 요원들이 이십사 시간 눈을 부릅뜨고 지키는 데다 반경 수십 마일은 아예 비행조차 금지하고 있어. 어떤 방법으로도 접근이 불가능해."

"어머, 그래요?"

"두 사람은 산장과 가장 가까운 서미온이라는 마을로 가야 해. 그 마을에서 캠프 데이비드 쪽으로 최대한 멀리 차를 타고 나가서 기술적으로 나방을 풀어놓는 거야. 다행스러운 것은 캠프 데이비드에 뭔가 일이 있으면 냄새를 맡고 기자들이 잔뜩 몰려온다는군. 거기서는 감시의 눈길을 피할 수 있다는 얘기지."

"신분을 위장하거나 할 필요는 없나요? 가령 기자 행세를 한다든지."

"그럴 필요는 전혀 없어. 아무도 검문을 하거나, 무슨 일로 왜 왔는지 따위를 물어보지 않는대. 일단 외부와 어느 정도 거리를 두었으니 어떤 상황이든 다 좋다는 거지."

"그런데 산장과 꽤 떨어져 있는 곳에서 나방을 풀었을 때 나방이 불빛을 보고 찾아갈까요?"

"나방이 불을 찾아가는 능력은 대단해. 하지만 그놈들이 타운의 불빛을 보고 날아들지 않도록 세심한 신경을 써야 할 거야."

"타운의 불이 일찍 꺼졌으면 좋겠군요."

"산장의 불이 늦게 꺼지거나."

"아무튼 이 도청 작전이 성공했으면 좋겠군요."

"그건 나방에게 달렸어."

"그럼 언제 출발하죠?"

"미국에서 일정이 올 거야. 부시가 가장 비밀스러운 사람들하고 캠프 데이비드에 갈 때지."

사건의 종결

장 검사는 위안 검사의 전화를 받고 얘기를 나누다 고개를 갸우뚱했다.

"무슨 소리요? 지금 이정서 살해범을 잡았단 얘기요?"

"네."

위안 검사의 목소리가 어딘지 모르게 착 가라앉아 있다는 생각을 하면서 장 검사는 재차 물었다.

"그런데 당신 목소리가 왜 그렇소? 전혀 신나는 목소리가 아니지 않소?"

"뭐, 그럴 수도 있죠."

"그럼 그 미국인들을 잡았다는 얘기요?"

"아니요. 범인은 마카오의 살인왕인 왕 싸우자우였소."

"무슨 소리요? 그럼 미국인들은?"

"그들은 아무 관계도 없는 사람들이었소."

"허허, 이 양반. 아, 당신이 불러준 번호로 통화도 했고 당

신이 보내준 영수증 덕분에 그 로저 스파이베이와 이정서의
관계도 어느 정도 드러났단 말이오. 알겠소? 그 세 사람의 미
국인이 이정서의 피살에 관여한 것은 아주 확실한데. 갑자기
당신이 엉뚱한 놈을 범인이라고 하면 어떡하자는 거요? 도대
체 왜 그러는 거요? 쥐약이라도 먹었소?

"하여튼 나는 진범을 검거했고, 사건도 종결 처리했소."

"뭐요?"

"사건을 끝냈단 말이오."

"안 돼!"

위안 검사는 장 검사가 갑자기 소리를 지르자 깜짝 놀랐다.
백이면 백, 그냥 종결했다고 하면 좋아라 할 텐데 이 사람 장
검사는 아주 이상한 반응을 보이고 있었다.

"아니, 나는 장 검사가 좋아할 줄 알았는데……."

"이 사건은 그리 간단한 사건이 아니오. 대한민국의 운명이
달려 있는 사건이란 말이오."

"네? 그건 무슨 소리요?"

"하여튼 그리 간단한 사건이 아니오. 이정서는 왕 싸우자우
같은 사람한테 죽을 사람이 아니오. 뭔가 아주 복잡한 것이
이 사건 뒤에 있단 말이오. 이 사건을 그렇게 종결해버리면
안 돼요."

"네? 그건 무슨 소리요?"

"장 검사…… 할 수 없소."

"당신, 무슨 사정이 있긴 있군, 그래."

"나로서는 할 수 없는 일이오."

위안 검사는 처량한 목소리로 뒤를 끝맺으며 전화를 끊어 버렸다.

'도대체 무슨 일이란 말인가?'

필시 상부로부터의 압력일 것이었다. 아마도 미국인들을 살인 용의자로 두는 데서 기인한 모종의 압력이 수사 종결로 마무리 지어진 것일 터였다. 그것은 미국 측의 요청에 의한 것일 수도 있고, 중국이 자체적으로 귀찮은 일이 생기지 않도록 종결 조치한 것일 수도 있었다. 어차피 피해자도 중국인이 아닌 한국인이었다.

장 검사는 순간적으로 망설였다. 위안 검사가 사건에서 손을 놓아버린 이상 자신도 손을 놓을 때라는 생각이 들었다. 그러면 모두 편할 것이었다. 그러나 장 검사의 뇌리 깊숙한 곳에서는 절대 손을 놓아서는 안 된다는 어떤 본능 같은 것이 꿈틀거리고 있었다.

'안 돼, 나는 이미 이 사건이 상당히 복잡하게 얽혀 있는 한미, 그리고 북미 관계의 실마리라도 이해하고 있지 않은가?

복잡하지만 중요한 사건이다. 검사로서 여기서 손을 놓을 수는 없는 노릇이다. 검사로서 편안한 길은 아니지만 검사 이전에 한반도를 살아가는 한 사람으로서 외면할 수 없는 일이 아닌가.'

비록 자신이 여기서 손을 놓아도 김정한 같은 사람들이 있으므로 공은 계속 굴러갈 것이었다. 그러나 남에게 맡기고 끝낸다면 두고두고 양심의 고통을 견뎌낼 수 없을 것이었다.

'하지만 무엇을 할 것인가?'

한참 생각하던 장 검사는 자리에서 벌떡 일어났다. 안보보좌관과 류삼조가 있지 않은가. 그들이 소설 속의 허구적 인물들이 아니라 실재하는 인물들이라면 그들을 만나보는 것이 이정서의 죽음을 이해하고 미국이 진행하는 시나리오가 무엇인지 알 수 있는 첩경일 것이었다. 사건의 성격상 이 일은 그냥 자리에 앉아 사람들을 소환이나 하고 해서 될 일이 아니었다.

장 검사는 전화기를 들어 대통령안보보좌관실에 전화를 걸었다.

"보좌님과 직접 통화를 해야만 하겠습니다."

장 검사의 강한 목소리에 행정관은 약간 놀란 듯했지만 얼마 후 보좌관이 전화기 저편에 나왔다.

"이정서 씨가 피살되었다는 소식은 다른 채널로 들었소. 그건으로 전화했소?"

"그렇습니다. 구체적으로 두 분이 나눈 얘기를 좀 해주셨으
면 합니다."

"음."

보좌관은 대답을 하지 않았다.

"수사 선상에 떠오른 어떤 사람이 이정서의 죽음은 미국의
의도를 알 수 있는 시금석이라 했는데, 그렇다면 그의 죽음
은 사사로운 것이 아닙니다. 저는 이 나라의 공안 검사로서
그간의 수사를 통해 알게 된 그분의 얘기를 보좌관님께 해드
려야 할 것 같습니다."

"내일 아침 열 시에 청와대로 오시오."

안보보좌관

보좌관은 진지한 표정으로 장 검사의 얘기를 경청했다.

"그러면 이정서 씨는 나와 통화를 하고 나서 바로 뉴욕으로 갔고 뉴욕에서 다시 평양으로 갔다 베이징으로 나와서 살해되었소?"

"그렇습니다."

"음."

보좌관은 뭔가를 한참 동안 생각하더니 무거운 목소리로 입을 열었다.

"이정서 씨는 피살되기 직전, 나에게 전화를 했소."

"네?"

"베이징에서 말이오."

장 검사는 전혀 뜻밖의 소득이라는 생각이 들었다. 이정서가 죽기 직전 누군가와 통화를 했다면, 그 통화 내용이야말로 그의 죽음을 이해하는 지름길이 될 것이었다.

"음."

장 검사는 자신도 모르게 신음을 흘리며 접혀 있는 넥타이를 바로 폈다. 최고의 주의를 기울이고 있다는 표시였다. 보좌관의 무거운 음성이 계속되었다.

"그는 나에게 아주 이상한 질문을 던졌소."

"무슨 질문이었습니까?"

장 검사의 입에서 반사적인 질문이 튀어나갔다.

"단 한마디였지만 폐부를 찌르는 말이었소."

"……"

"미국이 진행하는 제3의 시나리오를 아느냐고 물었소."

"제3의 시나리오라구요?"

"그렇소."

"그게 뭡니까?"

보좌관은 고개를 가로저었다.

"나도 모르오."

"그러면 모른다고 대답하셨습니까?"

"그랬소."

"그랬더니요?"

장 검사의 입에서 꼿꼿이 지켜지던 경어가 어느새 수사 검사의 질문 투로 자연스럽게 바뀌어 있었다.

"미국이 전방에서 모든 미군을 철수시키는 것은 바로 그 제3

의 시나리오 때문이라고 했소. 그러고는 이상하게 바로 전화를 끊었소."

"왜 전화를 끊었을까요?"

"그건 나로서도 알 수 없지요."

"그때가 몇 시쯤 되었습니까?"

"아마 저녁 일곱 시 정도……."

장 검사는 생각을 가다듬었다. 그렇다면 이정서는 보좌관에게 전화를 하고 난 직후 죽음을 당한 게 틀림없다는 생각이 들었다.

"그 제3의 시나리오라는 게 죽음의 동기일 수도 있을까요? 마지막 순간에 남긴 말이니까 말입니다."

"특별한 느낌을 갖진 못했소. 하지만 그럴 가능성도 배제하지 못할 것 같소. 그런데 지금까지의 수사 결과는 어떤 거요? 중국 신문에 보도된 대로 그 마카오의 두목인가 뭔가 하는 놈의 짓이오?"

"전혀 그렇지 않습니다."

"그러면?"

"아직 확실히 드러나진 않았지만 미국의 공작원들 같습니다."

"이상한 일이군. 나는 이정서가 왜 미국의 공작원들에게 죽음을 당해야 했는지 모르겠소. 미국에 가기 전 그가 나에게 전화를 걸어 했던 얘기라면 미국의 부시 대통령 측에서 좋아했으면 좋아했지 결코 사람을 죽일 정도는 아니었는데."

"그게 무슨 얘기였는지 제게 말씀해주실 수 있습니까? 이정서 씨는 북한 핵 문제와 이라크 파병을 동시에 해결할 수 있는 묘안이 있다고 했는데, 혹시 그와 관련된 얘기는 아니었습니까?"

보좌관은 미간을 찌푸렸다.

"당시 나는 어려운 얘기라 그냥 듣기만 했소. 그런데 시간이 지나면서 차츰 생각해보니까 상당히 의미 있는 얘기다 싶어 지금은 약간 수정해 정책으로의 입안을 생각해보는 중이오. 보안 관계로 아직 얘기할 수 없음을 이해하시오."

"저는 미결 사건들을 정리하는 대로 미국으로 가서 도대체 어떤 일이 있었는지 알아볼 생각입니다. 이정서 사건은 단순히 살인범을 붙잡는 것보다 그 살인의 정치적 동기를 아는 것이 훨씬 중요하다는 사실을 깨달았습니다."

"성과 있기를 바라오."

"고맙습니다. 마지막으로 혹시 보좌관님이 이 건과 관련해 제게 말씀해주실 만한 게 있다면 부탁드립니다."

보좌관은 느릿한 동작으로 담배를 꺼내 물었다.

"나는 깊이 관여하고 싶지 않지만, 어쩐지 그가 베이징에서 죽기 직전에 전화를 걸어 했던 말이 매우 의미심장하게 생각되고 있소."

"제3의 시나리오 말입니까?"

"그렇소. 그게 정확히 무언지 확실히 떠오르지는 않지만 아주 섬뜩한 기분이 자꾸 든단 말이오. 그 말 자체로도 말이오."

"어째서 그럴까요?"

"아마 그것은 내 잠재의식 속의 무언가를 건드렸기 때문일 거라는 생각이 들어요."

수사상 대단히 중요한 진술이었다. 국가안보보좌관이란 한 분야의 전문가였다. 전문가로서 누군가 죽기 전 한 말에 대해 어떤 확실한 감정을 느꼈다면 그 감정이 살인의 동기를 파헤치는 데 상당한 역할을 할 것임은 말할 필요도 없는 일이었다.

"잠재의식 속의 무엇을 건드렸을까요?"

"모르겠소. 하지만 그가 했던 그 한마디, 제3의 시나리오란 말이 머리를 탁 때렸소. 나의 깊은 의문에 답이 돼줄 것 같은 느낌, 그런 게 들었단 말이오. 비록 그 내용이 뭔진 몰라도."

"이상한 일이군요. 제3의 시나리오가 뭔진 몰라도 그 말만으로 뭔가 느낌이 왔다는 것은."

"이상하지만 그렇게 됐소."

"늘 품고 계시던 그 의문은 무엇이었습니까?"

"미국의 군사정책과 관련된 거요. 지금 미군은 그 어느 때보다 강하기 짝이 없소. 북한은 미국이 공격하려 하는 한, 손 한번 못 쓰고 괴멸될 수밖에 없소. 그런데 미국은 북한을 공격하기 일보 직전에 와 있는 상태에서 전방의 미군을, 아니 한강 이북의 미군을 모두 서울보다 훨씬 아래로 끌어내리려 한단 말이오."

"미국이 북한 공격 일보 직전에 와 있습니까?"

"그렇소. 모든 것은 극비리에 진행되고 있소. 하지만 그들이 벌이는 일련의 행동은 이해할 수 없소. 장 검사는 왜 미국이 모든 미국 병력을 한강 이남으로 옮기는지 생각해본 적 있소?"

"국방부 발표로는 효율적인 작전을 위해……."

"후후, 효율적인 작전을 위해 대치하고 있는 적을 피해 후방으로 내려간단 말이오?"

"이치에 닿지 않는 변명이라 생각하고 있었습니다."

"더욱더 이상한 것은 그들의 작전 계획에 의하면, 폭격과 동시에 미국의 지상군은 전방으로 올라가는 게 아니라 부산으로 내려가는 거요."

"네?"

"부산에서 아예 배를 탄다는 작전이오."

"그건 정말 이해할 수 없군요."

"뭐가 어떻게 흘러가는지 안보보좌관인 나조차 알 수 없소.

북한군 전력의 대부분을 일거에 날려버릴 수 있는 미국이 왜 자국군을 전방에서 철수시켜 일단 전쟁이 발발하면 부산으로 빼느냔 말이오?"

"정말 이상하군요."

"나와 우리 군 관계자들은 당장 병력을 빼겠다는 미국에 사정사정해서 겨우 말리는 한편 그들이 원하는 새 기지의 부지 매입도 미뤄가며 그들을 잡아두려 했소. 하지만 그들은 느닷없이 본토의 1군 사령부를 일본으로 가져오겠다는 거요. 이뿐만이 아니라오. 이라크에 보낼 충분한 병력이 본토에 있는데도 이라크전을 빌미로 주한 미군을 빼내오려 하오. 그러면 주한 미군은 거의 소멸되고 자연스럽게 병력을 뺄 수 있지 않겠소."

"국방부에서 2014년까지 미군의 평택 이전을 완료하겠다는 발표는 어떻게 된 겁니까?"

"우리 정부의 희망 사항일 뿐이오. 용산 기지야 아무래도 상관없지만 당분간 전방의 미군은 꼭 잡아두고 싶은 거요. 하지만 신속히 병력을 빼내고 싶어하는 저들의 의지는 날이 갈수록 강렬해질 것이오."

"왜 그럴까요?"

"어쩌면 이전에는 우리가 전혀 짐작조차 못 했던 어떤 일이 한반도를 둘러싸고 생기는 것이 아닌지 모르겠소."

"그게 이정서가 말하는 제3의 시나리오일까요?"

"그는 미군이 전방에서 빠지는 것은 제3의 시나리오 때문이라 했소. 아마 그래서 그 말을 듣는 순간, 나도 모르게 전율했던 것 같소."

"뭔가 대단한 일이 벌어지고 있고, 이정서는 그것을 알아챘기에 죽음을 당했을지 모르겠군요."

보좌관은 허공을 향해 담배 연기를 내뿜었다. 어딘지 쓸쓸함과 무력감을 뿜어내는 듯한 모습이었다.

"하여튼 이정서 씨의 피살 사건에 대한 장 검사의 수사 결과를 지켜보겠소."

보좌관은 여기서 말을 마쳤다.

(2권으로 계속)

제3의 시나리오 1

1판 1쇄 발행 2004년 6월 1일
2판 1쇄 발행 2019년 3월 7일
2판 5쇄 발행 2023년 1월 3일

지은이 김진명
발행인 양원석
편집장 김건희
디자인 오필민 디자인
영업마케팅 조아라, 이지원, 박찬희

펴낸 곳 ㈜알에이치코리아
주소 서울시 금천구 가산디지털2로 53, 20층(가산동, 한라시그마밸리)
편집문의 02-6443-8902   **도서문의** 02-6443-8800
홈페이지 http://rhk.co.kr
등록 2004년 1월 15일 제2-3726호

ISBN 978-89-255-6587-3 (04810)